USAGES LOCAUX

DANS PARIS

USAGES LOCAUX

DANS PARIS

COMMISSION INSTITUÉE

POUR

LA RÉVISION DES USAGES LOCAUX DANS PARIS

MM. PIOGEY, juge de paix du XVIIᵉ arrondissement, *président*.

BOINOD, juge de paix du XVIᵉ arrondissement.

BOYELDIEU-D'AUVIGNY, juge de paix du XXᵉ arrondissement.

CRANNEY, juge de paix du XIᵉ arrondissement.

LELORRAIN, juge de paix du XIIᵉ arrondissement.

DISTANCES A OBSERVER

ENTRE LES

HÉRITAGES POUR LES PLANTATIONS

———

Article 671 du Code civil, modifié par la loi du 20 août 1881

———

M. PIOGEY, RAPPORTEUR

DISTANCES A OBSERVER

ENTRE LES

HÉRITAGES POUR LES PLANTATIONS

Article 671 du Code civil

TEXTE DU CAHIER DES USAGES LOCAUX DE LA VILLE DE PARIS

RÉDIGÉ EN 1852

Il n'existe pas à Paris de règlement particulier, fixant la distance à observer entre les héritages voisins, pour la plantation tant des arbres à haute tige que des autres arbres et haies vives.

A défaut de règlement particulier, l'usage est qu'une plantation ne doit pas nuire au voisin ; en conséquence, on se décide, dans la fixation des distances, en matière de plantation, selon que les arbres paraissent plus ou moins susceptibles de causer du tort aux héritages limitrophes.

Ainsi, il n'y a pas de distance fixe ; les arbres doivent être plantés à une distance telle qu'ils ne nuisent pas.

Cependant si le dommage est réciproque de la part des deux voisins, s'il se trouve des arbres de part et d'autre d'un mur séparatif mitoyen, il n'y a pas de distance à observer. Si le mur n'était pas mitoyen, il faudrait tellement éloigner les arbres que le mur n'en pût être aucunement endommagé.

La commission fait plusieurs observations sur cette rédaction.

La division des arbres en arbres à haute tige et arbres à basse tige n'a plus de base légale.

L'article 671 du Code civil a été profondément modifié par la loi du 20 août 1881. — Code rural.

Le projet du gouvernement faisait disparaître les règlements et usages, locaux en matière de distance à observer pour les plantations ; il se basait sur cette considération que sur 30 départements qui avaient répondu aux questions adressées à ce sujet, quatre seulement avaient conservé les distances que prescrivait le droit coutumier. Mais le nouvel article, tel qu'il a été voté définitivement, a maintenu les règlements et usages locaux pour les distances à observer entre les héritages pour les plantations, tout en apportant à l'ancien article des modifications importantes.

L'ancien article distinguait les arbres en arbres à haute tige et arbres à basse tige, et réglait les distances selon la nature des arbres. Cette distinction donnait lieu à de nombreuses difficultés ; elle a été supprimée par le nouvel article qui détermine une règle fixe, en prenant pour base la hauteur réelle des plantations.

Le nouveau texte divise les arbres indistinctement, quelle qu'en soit l'essence, en deux classes : arbres dont la hauteur dépasse deux mètres, et arbres dont la hauteur ne dépasse pas deux mètres ; pour la première classe, il admet une distance de deux mètres, et pour la seconde classe, une distance d'un demi mètre.

Ainsi, il est permis d'avoir un arbre quelle qu'en soit la nature ou l'essence, à cinquante centimètres de la ligne séparative des deux héritages pourvu que par des coupes successives, il soit maintenu à une hauteur qui ne dépasse pas deux mètres.

La seconde modification importante introduite dans l'article 671 du Code civil consiste en ce que les arbres, arbustes et arbrisseaux de toute espèce peuvent être plantés en espaliers de chaque côté du mur séparatif, sans que l'on soit tenu d'observer aucune distance, mais ils ne pourront dépasser la crête du mur. Si le mur n'est pas mitoyen, le propriétaire seul a le droit d'y appuyer ses espaliers.

Enfin le mot *avoir*, substitué au mot *planter* dans l'article 671, a eu pour effet de dissiper un doute qui s'était élevé sur le point de savoir si les distances légales devaient être observées aussi bien pour les arbres venus naturellement que pour ceux plantés par l'homme. L'affirmative, qui était généralement adoptée, n'est plus contestable aujourd'hui.

La coutume de Paris ne contient aucune disposition sur les distances à observer entre les héritages pour les plantations. A Paris et dans la banlieue il n'y a pas de règlement particulier, mais il y a un usage constant et reconnu, celui de n'observer aucun minimum de distance. En un mot, liberté pleine et entière pour les plantations, mais sous réserve de l'élagage et du dommage que peut éprouver le propriétaire voisin.

Dans le ressort du Parlement de Paris il y avait des coutumes qui s'expliquaient sur les distances à observer dans les plantations, et des coutumes qui n'en parlaient point. Le Parlement de Paris avait adopté pour règle invariable qu'une plantation ne doit pas nuire au voisin.

Ces règles et principes ont été maintenus :

1° Par un arrêt de la Cour d'appel de Paris, en date du 2 décembre 1820, confirmant un jugement du Tribunal civil de la Seine en date du 5 août 1819 ;

2° Par un arrêt de ladite Cour, en date du 27 août 1858, confirmant un jugement du même Tribunal ;

3° Par un jugement rendu par le même Tribunal le 18 novembre 1885, statuant en ces termes :

« Attendu que l'article 671 du Code civil n'établit une « distance légale pour les plantations qu'à défaut de règle- « ments et usages locaux, constants et reconnus ;

« Attendu que l'usage constant dans la ville de Paris est « de planter à toute distance, et que cet usage s'explique « par des nécessités spéciales ; qu'en effet, la plupart des « plantations intérieures seraient impossibles, si la dis- « tance fixée par l'article 671 pouvait prévaloir contre ces « usages ;

« Mais attendu que ledit usage ne peut avoir lieu que « sauf élagage et réparation du préjudice causé. »

Un arrêt de la Cour de Paris en date du 17 février 1862, publié dans Sirey (1862 — 2 — 137) et mentionné dans le Code Perrin ou Dictionnaire des constructions et de la contiguité (n° 207), n'est pas conforme aux décisions judiciaires précitées. Cet arrêt décide que les plantations d'arbres à haute tige, dans l'intérieur de la ville de Paris, ne peuvent avoir lieu à une distance moindre que celle d'un mètre de la ligne séparative des héritages. Mais les termes de l'arrêt semblent indiquer qu'une sorte de transaction était intervenue entre les parties et que la Cour n'a fait qu'homologuer la transaction.

En considération de ces observations la commission propose la rédaction suivante :

Il n'existe pas à Paris de règlement particulier fixant la distance à observer entre les héritages voisins pour plantation *des arbres, arbustes et arbrisseaux.*

A défaut de règlement particulier, l'usage est que les *arbres, arbustes et arbrisseaux, soit plantés, soit venus naturellement,* ne doivent pas nuire au voisin ; en conséquence, on se décide dans la fixation des distances selon que les arbres, *arbustes et arbrisseaux* paraissent plus ou moins susceptibles de causer du tort aux héritages limitrophes.

Ainsi, il n'y a pas de distance fixe ; les arbres *arbustes et arbrisseaux* doivent être plantés à une distance telle qu'ils ne nuisent pas.

Cependant, si le dommage est réciproque de la part de deux voisins ; s'il se trouve des arbres de part et d'autre d'un mur séparatif mitoyen, il n'y a pas de distance à observer. Si le mur n'était pas mitoyen, il faudrait tellement éloigner les arbres que le mur n'en pût être aucunement endommagé.

Les arbres, arbustes et arbrisseaux de toute espèce peuvent être plantés en espalier de chaque côté du mur séparatif, sans que l'on soit tenu d'observer aucune distance ; mais ils ne peuvent dépasser la crète du mur. Si le mur n'est pas mitoyen, le propriétaire seul a le droit d'y appuyer ses espaliers.

DE LA DISTANCE

ET

DES OUVRAGES INTERMÉDIAIRES

REQUIS POUR CERTAINES CONSTRUCTIONS

———

Article 674 du Code civil
Coutume de Paris, articles 188, 189, 190, 191, 192, 217

———

M. LELORRAIN, RAPPORTEUR

DE LA DISTANCE

ET DES OUVRAGES INTERMÉDIAIRES

REQUIS POUR CERTAINES CONSTRUCTIONS

Article 674 du Code civil

Coutume de Paris, articles 188, 189, 190, 191, 192, 217

QUESTIONS POSÉES ET RÉSOLUES

DANS LE CAHIER DES USAGES LOCAUX DE LA VILLE DE PARIS

RÉDIGÉ EN 1852

1° Existait-il à Paris, au jour de la promulgation du livre II, titre IV, du Code civil, des règlements particuliers, sur les objets ou l'un des objets spécifiés dans l'article 674, ainsi conçu :

« Celui qui fait creuser un puits ou une fosse d'aisance
« près d'un mur mitoyen ou non ; celui qui veut y cons-
« truire cheminée ou âtre, forge, four ou fourneau, y
« adosser une étable, ou établir contre ce mur un magasin
« à sel, ou amas de matières corrosives, est obligé à laisser
« la distance prescrite par les règlements et usages pour
« éviter de nuire au voisin. »

OUI.

Ces règlements sont dans les articles 188, 189, 190, 191, 192 et 217 de la coutume de Paris, ainsi conçus :

Art. 188. — « Qui fait étable contre un mur mitoyen,

2

« doit faire contre-mur de huit pouces d'épaisseur, s'éle-
« vant en hauteur jusqu'au rez de la mangeoire. »

Art. 189. — « Qui veut faire cheminée et âtre, contre le
« mur mitoyen, doit faire contre-mur de tuileaux ou autre
« chose suffisante, de demi-pied d'épaisseur. »

Art. 190. — « Qui veut faire forge, four ou fourneau,
« contre le mur mitoyen, doit laisser demi-pied de vide et
« intervalle entre-deux du mur et du four ou forge, et
« doit être ledit mur d'un pied d'épaisseur. »

Art. 191.— « Qui veut faire aisance de privés ou puits
« contre un mur mitoyen, doit faire contre-mur d'un pied
« d'épaisseur ; et où il y a puits d'un côté et aisance de
« l'autre, suffit qu'il y ait quatre pieds d'épaisseur de ma-
« çonnerie entre-deux comprenant les épaisseurs des murs
« de part et d'autre ; mais entre deux puits suffiront trois
« pieds seulement ».

Art. 192. — « Celui qui a place, jardin ou autre lieu vide
« qui joint immédiatement au mur d'autrui ou au mur mi-
« toyen et qui veut faire labourer ou fumer, est tenu de
« faire contre-mur de demi-pied d'épaisseur ; et s'il y a
« terres jectisses ou rapportées, il est tenu de faire contre-
« mur d'un pied d'épaisseur ».

Art. 217. — « Nul ne peut faire fossés à eaux ou à cloa-
« ques s'il n'y a six pieds de distance en tous sens des
« murs appartenant aux voisins ou mitoyens. »

———————

2° L'usage s'applique-t-il à toute espèce d'âtres, forges,
fours ou fourneaux ?

Les dispositions des articles 189 et 190 de la coutume de
Paris sont générales et s'appliquent à toute espèce d'âtres,
forges, fours ou fourneaux.

Il est néanmoins admis que s'il ne s'agit que d'un fourneau potager à établir dans une cuisine d'une maison particulière, et lorsque le mur auquel il doit être adossé est
de bonne maçonnerie, le contre-mur n'est pas nécessaire,
et le fourneau n'a pas besoin d'être isolé du mur.

Si, néanmoins, au lieu d'un mur, il n'y avait qu'une
cloison, il faudrait indispensablement un contre-mur d'é-
paisseur et de maçonnerie telles que la cloison ne puisse

souffrir par le feu. Il devrait être de toute la longueur du fourneau et l'excéder en hauteur.

Mais s'il s'agissait d'un fourneau ou potager de la cuisine d'un rôtisseur, d'un restaurateur, ou, en général, d'une cuisson où le feu est considérable et presque continuel, dans ce cas on ne saurait prendre trop de précautions afin d'éviter l'incendie : aussi contre-mur d'un demi-pied d'épaisseur et isolement d'un demi-pied, tout doit être pratiqué.

Quant aux forges destinées à la fabrication des enclumes et des essieux qui ne peuvent être établies sans l'autorisation préalable de la police, de même que tous établissements dangereux et désignés dans les décrets et ordonnances, leur formation n'est permise qu'après que l'autorité a acquis la certitude que, par les travaux qu'elle a prescrits, ils ne peuvent ni incommoder les voisins, ni leur causer de dommages.

Il ne suffirait pas pour leur établissement de se conformer à l'usage.

———

3° Sur l'article 191 de la coutume, *quid*, s'il y a puits d'un côté et fosse d'aisance de l'autre ?

C'est au voisin qui construit le dernier de ces objets à donner à son contre-mur toute l'épaisseur voulue par les statuts locaux et à pourvoir au défaut de contre-mur de l'autre construction, et si le mur intermédiaire avait déjà toute l'épaisseur voulue, il devrait toujours, et dans tous les cas, faire un contre-mur qui aurait au moins 0 m. 33 centimètres d'épaisseur, surtout celui de la fosse.

La longueur de ce contre-mur doit être telle que les urines en filtrant ne puissent pas attaquer le mur par les extrémités du contre-mur.

Pour éviter ces inconvénients on exige que le contre-mur autour de la fosse soit de la même longueur que le mur, de manière que les matières soient renfermées comme dans un pot.

———

4° Encore sur l'article 191, *quid* entre deux puits ?

L'article 191 le dit *in fine* : il doit y avoir trois pieds (un mètre) de maçonnerie.

5° Existe-t-il des règlements ou usages prescrivant certaine distance ou certaines précautions relativement aux
magasins de sel ou amas de matières corrosives dont parle
l'article 674 du C. C. *in fine*?

Le cahier de 1852 se borne à répondre : Si le mur est
mitoyen ou susceptible de le devenir, on doit établir un
contre-mur en bonne maçonnerie de 33 centimètres d'é-
paisseur et un mètre de fondation.

6° *Quid* relativement au creusement de carrières, de mares, de fossés citernes ou réservoirs d'eau?

Le cahier ne répond pas quant aux carrières :

Quant aux mares, fossés, citernes et réservoirs d'eau, il
exige six pieds, (deux mètres) de distance du mur du voisin ou mitoyen.

(*Voir l'article 217 ci-dessus de la coutume de Paris.*)

7° Enfin existe-t-il d'autres établissements ou travaux
pour lesquels l'usage ou les règlements prescrivent des distances ou certains ouvrages de précaution?

Le cahier ne répond pas.

DE LA DISTANCE

& DES OUVRAGES INTERMÉDIAIRES

REQUIS PAR

LES USAGES A PARIS POUR CERTAINES CONSTRUCTIONS

La commission propose les solutions ci-après résultant des règlements, des usages et de la jurisprudence.

Les lois qui régissent la contiguité des héritages sont basées sur des principes qu'il convient d'abord de rappeler.

Dans l'intérêt supérieur du maintien de la paix publique, il importe d'encourager et d'assurer autant que possible les relations de bon voisinage, mais pour y arriver il faut chercher à concilier les droits et intérêts de chacun.

Tout propriétaire peut librement disposer de sa chose, et faire sur sa propriété les constructions, changements ou améliorations qu'il juge convenables, sa liberté n'ayant d'autre limite que le respect des droits et des intérêts légitimes du voisin, sans parler de l'observation des lois de police destinées à garantir la sécurité publique.

Tels sont les principes qui ont servi de base aux articles 651 et suivants du Code civil, jusques et y compris l'art. 674 dont nous avons particulièrement à nous occuper.

Mais depuis la coutume de Paris et même depuis la promulgation du Code civil, le progrès des mœurs et des arts, le développement de l'industrie et du commerce, la multiplicité des constructions à Paris, la division extrême des héritages et leur contiguité de plus en plus étroite, ont donné naissance à des besoins nouveaux, modifié les usages, et nécessité des règlements de police, il importe de satisfaire les uns, et d'observer les autres.

La recherche des moyens prescrits pour y arriver est l'objet de ce travail.

Nous aurons successivement à nous cccuper des :

> Atres et cheminées,
> Carrières,
> Caves,
> Ecuries, étables, dépôt de matières corrosives,
> Forges,
> Fosses d'aisances,
> Fourneaux,
> Fours,
> Pans de bois,
> Puits et puisarts.
> Propriétés d'un niveau différent,
> Réparations.

Mais avant d'aborder ces détails, qu'il nous soit permis de faire encore deux courtes observations, et d'examiner sur le mot mur une question qu'on peut appeler préalable.

La première, c'est que s'il est vrai que l'art. 674 du Code civil n'embrasse pas tous les objets que nous venons d'énumérer, il faut remarquer qu'il n'est nullement limitatif, ses énonciations ne sont en quelque sorte que des exemples ; elles ne sont point exclusives des établissements ou ouvrages analogues à ceux qu'il indique ; elles s'étendent, au contraire, par identité de motifs à toutes œuvres dont le voisinage immédiat serait de nature à nuire à autrui, du moins il appartient au juge du fait, de reconnaître dans quels cas l'art. 674 peut être appliqué.

Tous les auteurs paraissent d'accord sur ce point. (Voir Duranton, tome 5 n° 402. Taulier, tome 2 p. 408 et suivantes. Demante, tome 2 n° 529 bis. Demolombe, tome 1ᵉʳ n°ˢ 520 et suivants. Aubry et Rau, § 198, tome 2, p. 218. Laurent, tome 8 n° 29). C'est ce que décide aussi la jurisprudence. Un arrêt de la Cour de cassation du 10 juillet 1872 rapporté par le *Journal du Palais* 1872 p. 1026, porte en effet, que la disposition de l'art. 674 du code civil n'est pas limitative, et peut s'appliquer aussi bien aux terres jectisses qu'au dépôt de sel ou de matières corrosives, mais qu'il appartient aux juges du fait (et c'est un correctif qu'il faut toujours admettre) d'apprécier si ces amas de terre peuvent être assimilés à des matières corrosives.

La seconde observation c'est que si, en dépit des précautions prises conformément aux lois, réglements et usages, l'établissement ou l'ouvrage, de quelque nature qu'il soit, même autorisé par le pouvoir compétent, après enquête de *commodo et incommodo*, cause aux voisins un sérieux préjudice, ceux-ci ont droit à indemnité, en vertu du grand principe consacré par l'art. 1382 du code civil.

Toutefois, il faut que ce préjudice soit sérieusement appréciable : on ne doit pas en cette matière se montrer d'une trop grande rigueur; il y a lieu de tenir compte, dans une juste mesure, de certaines nécessités et de certaines circonstances, telles que le quartier habité, les industries qui s'y exercent, la tolérance qu'on se doit réciproquement entre voisins, l'antériorité de la construction ou de l'établissement par rapport à l'habitation voisine, etc., etc.

C'est au juge à apprécier les faits avec le pouvoir discrétionnaire qui lui appartient.

La question que nous avons plus haut qualifiée de préalable est celle-ci :

Que faut-il entendre par le mot *mur* employé dans l'art. 674 ?

Remarquons d'abord que les articles 188, 189, 190 et 191 de la coutume de Paris ne parlaient que du mur mitoyen contre lequel l'un des voisins établirait étable, cheminée et âtre, forge, four ou fourneau, aisance de privés ou puits et ne parlait pas du mur, propriété exclusive du voisin du constructeur.

C'était évidemment un oubli, car s'il n'était pas permis au voisin entreprenant d'adosser ses travaux contre un mur dont il avait moitié, à plus forte raison ne devait-il pas pouvoir le faire contre le mur, propriété exclusive de son voisin.

Cet oubli ne se rencontrait pas dans l'art. 192 de la même coutume, prévoyant le cas de celui qui a place, jardin, ou autre lieu vide, joignant immédiatement au mur d'autrui ou au mur mitoyen.

L'art. 191 assimilait avec raison les deux cas mur, d'autrui ou mur mitoyen.

L'art. 674 du Code civil n'a pas commis le même oubli que les art. 188, 189, 190 et 191 de la coutume de Paris.

Comme l'art. 193, il a assimilé le mur non mitoyen au mur mitoyen, en disant « celui qui fait creuser, ou construire, ou établir, etc... contre un mur mitoyen ou non », la loi parle évidemment ici du mur mitoyen ou du mur appartenant au voisin du constructeur, mais *quid juris* du mur appartenant exclusivement au constructeur lui-même?

La disposition de l'article 674 lui est-elle applicable?

Sera-t-il tenu de faire un contre-mur ou de prendre toute autre précaution contre son propre mur?

Selon MM. Aubry et Rau, tome 11, p. 219, cette disposition n'est plus applicable lorsque ce mur est la propriété exclusive de celui qui veut faire les travaux ou dépôts dont il est parlé dans cet article.

Cela ressort, disent-ils, de l'ensemble de l'art. 674 et de l'exposé des motifs présenté par Berlier. (Locré, législation 2. VIII, p. 373, nº 13.)

C'est aussi l'opinion de Solon *(*des Servitudes nº 273) ; Demante (Cours de droit, 11, p. 519 *bis*); Demolombe XI. 516.

Ils citent en sens contraire : Delvincourt, 1, partie 2, p. 403 ; Pardessus, 1, p. 200, et arrêt de Riom, 14 novembre 1842.

C'est un arrêt d'espèce.

La Cour n'ayant déchargé le constructeur de l'obligation de laisser un vide ou de faire un contre-mur qu'à la condition de rendre à son ancien mur toute son épaisseur primitive, semble avoir préjugé que sans cette condition, il devait rentrer dans celles imposées par l'art 674.

C'est seulement en ce sens et par induction que l'arrêt de Riom peut être cité comme contraire à l'opinion de MM. Aubry, Rau, Solon, Demante et Demolombe.

L'exposé des motifs de l'art 674 semble en effet, comme le disent Aubry et Rau, indiquer que, dans la pensée du législateur, cet article n'est applicable qu'au mur appartenant au voisin du constructeur et non au mur propriété exclusive de ce dernier.

Mais ce n'est pas clairement dit, et on ne peut en juger ainsi que par induction.

Solon, sur les servitudes nº 273, est au contraire très net et très explicite.

« Nous avons souvent parlé, dit-il, de travaux et éta-
« blissements qu'il était défendu de faire immédiatement
« auprès d'un mur appartenant au voisin : la prohibition
« serait-elle la même si ce mur appartenait en entier au
« propriétaire qui veut faire ces travaux ?

« La Jurisprudence a toujours admis la négative. Ici
« Solon cite Soultage, p. 135, et Lepage, vol. 1er p 123.

« On a considéré qu'alors tout le dommage se rappor-

« tant au propriétaire du mur, personne n'était fondé à se
« plaindre. Nous devons cependant faire observer que
« comme ce mur peut être rendu mitoyen et qu'alors les
« travaux incommodes ne peuvent plus être conservés
« sans les précautions portées dans la présente section, on
« agira avec prudence si on suit en tous points ces précau-
« tions, lors même qu'on est propriétaire de tout le mur,
« si on ne veut pas être exposé à une démolition coûteuse
« et gênante. »

On voit que tout en disant que le constructeur propriétaire
du mur séparatif est dispensé des précautions prescrites,
Solon lui conseille cependant de les prendre.

Nous n'avons pas lu Soutlage qu'il cite dans le sens de
son opinion, mais quant à Lepage, voici le passage cité :

« Quelques coutumes, du nombre desquelles est celle de
« Paris, ne parlent de précautions à prendre pour les con-
« structions dont il s'agit que quand elles sont faites près
« d'un mur mitoyen ; mais les commentateurs et la juris-
« prudence ont décidé qu'en cette occasion, par mur mi-
« toyen la coutume entend un mur de séparation, même
« quand il n'est pas commun aux deux voisins. Pour lever
« toute difficulté sur ce point, le Code a étendu expressé-
« ment sa disposition au cas où le mur est mitoyen et au cas
« où il ne l'est pas ; ce qui est juste, puisqu'une forge et
« toutes les autres constructions désignées dans l'article 674
« peuvent nuire au voisin même quand le mur de sépara-
« tion n'est pas mitoyen et lui appartient exclusivement. »

Dire que les précautions doivent être prises quand le
mur appartient au voisin qu'il s'agit de protéger, ce n'est
pas dire que le constructeur en est dispensé quand le mur
est sa propriété propre : mais il y a plus, dans un autre passage en parlant du contre-mur qui doit isoler la cheminée,
Lepage continuateur de Desgodets, dit ceci (tome Ier, page
147 : « Cette obligation est imposée par la coutume à celui
qui construit une cheminée, même quand le mur auquel il
l'appuie n'appartient qu'à lui seul ; tous architectes ou entrepreneurs chargés de construire des cheminées sont res-
ponsables de l'exécution de cet ouvrage de précaution.
S'ils le négligent, ils commettent une faute qui ne se prescrit que par le laps de temps de dix ans. »

En admettant que la question reste douteuse, nous propo-
sons de la résoudre par une distinction qui nous paraît sage.

Les mesures prescrites par l'art. 674 le sont ou dans un intérêt d'utilité publique pour prévenir les incendies et autres événements nuisibles à la société, « telles sont celles « qui sont relatives aux âtres, fours et fourneaux, ajou- « tons forges, carrières, cimetières, pans de bois, puits et « puisards », ou dans un intérêt purement privé pour em- pêcher la dégradation du mur près duquel les travaux sont faits.

Les premières doivent être prises alors même que le constructeur est exclusivement propriétaire du mur près duquel il établit ses travaux, parce que ce mur peut être ou devenir une insuffisante protection, et qu'en ces ma- tières qui touchent de si près à la sécurité publique, on ne saurait prendre de trop grandes précautions.

Les secondes ne sont obligatoires qu'au cas où il s'agit d'un mur mitoyen ou appartenant à autrui.

Pourvu qu'il ne porte point atteinte à la sécurité publi- que, celui qui a la propriété exclusive d'un mur, peut faire contre ce mur, et sans aucune précaution à ses ris- ques et périls, tous les travaux que bon lui semble, tant qu'il ne fait que compromettre sa chose.

Mais nous disons à ses risques et périls parce que si, par ces travaux, il arrive à causer un préjudice à son voisin, malgré l'existence de son mur intermédiaire, il sera tenu de réparer le dommage par application de l'article 1382 du Code civil.

Tout ceci dit abordons enfin les détails.

§ 1er

ÂTRES ET CHEMINÉES

Celui qui construit une cheminée doit prendre les pré- cautions nécessaires pour prévenir les incendies.

Lorsque la cheminée est élevée près du mur d'autrui ou du mur mitoyen, l'art. 674 du Code civil veut qu'elle en soit tenue à la distance prescrite par les règlements et usages particuliers, ou que le constructeur exécute les ouvrages exigés par les mêmes règlements pour qu'on ne nuise pas au voisin.

Un propriétaire ne peut adosser sa cheminée au mur appartenant exclusivement au voisin, sans en avoir aupa- ravant acheté la mitoyenneté, soit en totalité, soit au moins pour la portion nécessaire à l'établissement de la cheminée, conformément à l'article 661 du Code civil.

Dans ce dernier cas, il achète, outre la partie à laquelle la cheminée est adossée, un pied de largeur de chaque côté qui s'appelle pied d'aile. S'il existe des poutres dans la partie du mur ainsi rendue mitoyenne, l'article 657 du Code civil permet de les réduire à l'ébauchoir jusqu'à la moitié de l'épaisseur du mur.

Il appartient aux préfets et aux maires de prendre des arrêtés relatifs au mode de construction des cheminées. (Loi des 16 et 24 août 1790, titre 2, art. 3, n° 5.)

Ces règlements sont obligatoires pour les constructeurs comme pour les propriétaires. (Cassation, 30 mai 1845, D. 45-4-448. 1er juillet 1853, D. 53-5-253.)

A Paris, un règlement du 26 janvier 1672, renouvelé le 10 novembre 1781, puis en janvier 1808, défendait d'adosser des cheminées aux cloisons en charpente ou aux pans de bois, même en faisant un contre-mur et alors même que le voisin y consentirait.

Mais, conformément à l'opinion de Desgodets, une ordonnance de police du 11 décembre 1852 porte ce qui suit :

« Il est interdit d'adosser des foyers de cheminées, des « poêles et des fourneaux à des cloisons dans lesquelles il « entrerait du bois, à moins de laisser entre le parement « du mur entourant ces foyers et les cloisons un espace de « 0 m. 16 centimètres. »

Les règles relatives à la construction des cheminées avaient été renouvelées par cette ordonnance; mais, plus récemment, celle du 15 septembre 1875 les a développées dans les termes suivants :

ART. 1er. — Toutes les cheminées et tous les autres foyers ou appareils de chauffage fixes ou mobiles, ainsi que leurs conduits ou tuyaux de fumée, doivent être établis et disposés de manière à éviter les dangers du feu et à pouvoir être visités, nettoyés facilement et entretenus en bon état.

ART. 2. — Il est interdit d'adosser les foyers de cheminées, les poêles, les fourneaux et autres appareils de chauffage, à des pans de bois ou à des cloisons contenant du bois. On doit toujours laisser entre le parement extérieur du mur entourant ces foyers et lesdits pans de bois ou cloisons, un isolement ou une charge de plâtre d'au moins 0,16 centimètres.

Les foyers industriels et ceux d'une importance majeure doivent avoir des isolements ou charges de plâtre proportionnés à la chaleur produite et suffisants pour éviter tout danger de feu.

ART. 3. — Les foyers de cheminée et de tous appareils fixes de chauffage sur plancher en charpente de bois doivent avoir, au-dessous, des trémies en matériaux incombustibles.

La longueur des trémies sera au moins égale à la largeur des cheminées, y compris la moitié de l'épaisseur des jambages ; leur largeur sera de un mètre au moins, à partir du fond du foyer jusqu'au chevêtre.

Cette prescription s'applique également aux autres appareils de chauffage.

ART. 4. — Les fourneaux potagers doivent être disposés de telle sorte que les cendres qui en proviennent soient retenues par des cendriers fixes, construits en matériaux incombustibles et ne puissent tomber sur les planchers.

Ces fourneaux doivent être surmontés d'une hotte si le conduit de fumée n'aboutit pas au foyer.

ART. 5. — Les poêles mobiles et autres appareils de chauffage également mobiles doivent être posés sur une plate-forme en matériaux incombustibles, dépassant d'au moins 0m,20 centimètres la face de l'ouverture du foyer. Ils devront, de plus, être élevés sur pied de telle sorte que, au-dessus de la plate-forme, il y ait un vide de 0m,08 centimètres au moins.

La coutume de Paris et plusieurs règlements particuliers ont indiqué diverses règles à observer dans la construction de toutes les parties qui composent les cheminées, telles que l'âtre, le contre-cœur, les jambages, le manteau, le tuyau ou corps et la tête ou souche.

Ces règles sont toujours en vigueur. « Cassation, Crim., 17 janvier 1845. D. 45, 4, 44, 13 avril 1849. D. 49, 1, 137. »

L'oubli qui en est fait est puni d'une amende de 1 à 5 francs, et en cas de récidive, de 3 jours de prison au plus (articles 471 et 474 Code pénal).

L'âtre, c'est la partie de la cheminée sur laquelle sont placés les cendres et le feu.

Il est de principe que l'âtre ne doit pas reposer sur le plancher, en fût-il séparé par une maçonnerie épaisse.

Aussi l'ordonnance du Châtelet du 26 janvier 1672, art. 1, 2 et 3 ordonne :

« Qu'il soit fait des enchevêtrures au-dessous de tous « âtres de foyers de cheminées, de quelque grandeur que « puissent être ces cheminées et les maisons où elles se- « ront faites ; qu'il soit aussi laissé 4 pieds d'ouverture au « moins, et 3 pieds de profondeur depuis le mur jusqu'au « chevêtre qui portera les solives ; qu'il y ait 6 pouces de « recouvrement, de toutes parts, tant aux chevêtres qu'aux « solives d'enchevêtrure, et que, pour soutenir ce recou- « vrement, les chevêtres et solives d'enchevêtrure « soient garnies suffisamment de chevilles de fer de six à « sept pouces de longueur et de clous de bateaux, en sorte « qu'après le recouvrement, il puisse rester pour les « tuyaux des cheminées au moins 3 pieds d'ouverture « dans œuvre et 9 à 10 pouces de largeur aussi dans œu- « vre. »

L'ordonnance de 1779 art. 6, ajoute défense de poser des âtres de cheminées sur les solives des planchers.

Contre-cœur. — On appelle ainsi le contre-mur qui doit être adossé au mur contre lequel est appuyée la cheminée, afin de le garantir des ardeurs du feu.

L'art. 189 de la coutume de Paris veut que ce contre-mur soit fait de tuileaux ou autres choses suffisantes de demi-pied d'épaisseur.

Il doit avoir toute la largeur de la cheminée et s'élever jusqu'à la hauteur du manteau en diminuant d'épaisseur, de manière que la retraite n'en soit pas sensible.

Ce contre-mur susceptible de s'user par le feu et d'être remplacé ne doit pas être incorporé au mur ; il est ainsi plus facile de l'enlever et de le refaire.

Le contre-mur peut être remplacé par une plaque de fer fondu, qui protège encore mieux le mur.

Desgodets pense qu'on doit laisser un pouce de distance entre la plaque et le mur, pour les cheminées ordinaires, et deux pouces pour les cheminées de cuisine et autres, où on fait de grands feux, et qu'on doit remplir cet espace de plâtre et de poussier mêlés ensemble.

Mais Goupy est d'un avis différent. « L'usage, dit-il, n'est « point de mettre ni un ni deux pouces de distance entre « les contre-murs de fonte et les murs mitoyens ; l'on pose « les contre-murs de fonte contre le mur, ou peu s'en

« faut et l'on coule du plâtre entre les plaques et le mur
« pour qu'il n'y ait point de vide, et l'on n'a jamais re-
« connu que les murs aient été endommagés par la cha-
« leur du feu au derrière de tels contre cœurs.

Jambages. — Ce sont les deux supports du manteau en
pierre ou en marbre, placés à droite et à gauche de la cheminée, on les pose sur l'aire de maçonnerie. L'ordonnance
du Châtelet du 26 janvier 1672 est ainsi conçue :

« Qu'en tout bâtiment neuf seront laissés des mœllons
« sortant du mur pour faire liaison des jambages des che-
« minées, et où ils ne pourront être laissés, seront employés
« des clous de fer hachés à chaud, de longueur au moins
« de 9 pouces, et ne seront pour ce, employés tant auxdits
« bâtiments neufs qu'aux rétablissements aucunes chevilles
« ou feutons en bois. »

La jurisprudence de la Préfecture de la Seine est que les
jambages soient écartés de toute espèce de bois de 0^m,16
centimètres au moins mesurés dans œuvre.

Manteau. — C'est la pierre qu'abrite l'ouverture de la
cheminée et qui pose sur les jambages.

L'ordonnance de police du 1er septembre 1779, art. 6,
défend expressément de faire aucun manteau en bois.
Quand le manteau est appuyé sur les branches d'un châssis
scellé dans le mur, ces branches doivent être en fer.

Tuyau ou corps. — C'est le conduit par lequel s'échappe
la fumée,

La construction des tuyaux de cheminées à Paris a été
réglementée par un grand nombre d'ordonnances. (Voir notamment ordonnance du 26 janvier 1672, 1er septembre
1779 et 11 décembre 1852. »

Plus récemment, le préfet de la Seine a pris à ce sujet,
en exécution du décret du 26 mars 1852, un arrêté du
8 août 1874 dont il est nécessaire de reproduire les dispositions.

ART. 1er. — Il est interdit d'une manière absolue de pratiquer des foyers ou des conduits de fumée dans les murs
mitoyens et dans les murs séparatifs de deux maisons con-
tiguës, qu'elles appartiennnent ou non au même propriétaire.

ART. 2. — Il est permis de pratiquer des conduits de fumée dans l'intérieur des murs de refend en mœllons, ayant

au moins 0^m,40 centimètres d'épaisseur, et dans les murs en briques ayant au moins 0^m,37 centimètres d'épaisseur, enduits compris.

ART. 3.—'Les conduits de fumée engagés dans ces murs ne pourront être exécutés qu'en briques, ou avec des matériaux en terre cuite pouvant se relier, au moyen de harpes courtes et longues, avec les matériaux constitutifs du mur.

Il est absolument interdit de se servir pour cet usage de boisseaux ou pots en terre cuite ou en plâtre et de pigeonner ces conduits avec des moules dans l'intérieur des murs.

ART. 4. — Entre la paroi intérieure des tuyaux engagés dans les murs et le tableau des baies pratiquées dans ces murs, il sera toujours réservé un dosseret de maçonnerie pleine ayant au moins 0 m. 45 centimètres d'épaisseur, enduits compris.

Cette épaisseur pourra être réduite à 0 m. 25 centimètres à la condition que le dosseret soit construit en pierres de taille dures ou en briques de bonne qualité.

ART. 5.— Tout conduit de fumée présentant une section intérieure de moins de 0 m. 60 centimètres de longueur sur 0 m 25 de largeur devra avoir au minimum une section de 0 m. 4 décimètres carrés ; le petit côté des tuyaux rectangulaires n'aura pas moins de 0 m. 20 centimètres et le grand côté ne pourra dépasser le petit de plus d'un quart les angles intérieurs seront arrondis sur un rayon de 0^m.05 centimètres au moins et ces parties retranchées seront comptées dans la section.

ART. 6. — Les tuyaux de cheminée non engagés dans les murs ne seront autorisés que s'ils sont adossés à des piles en maçonnerie ou à des murs en moellons, ayant au moins 0^m,40 centimètres d'épaisseur, enduits compris, ou à des murs en briques, ayant au moins 0^m,22 centimètres, ou dans le dernier étage à des cloisons en briques de 0^m,11 centimètres d'épaisseur.

Ils devront être solidement attachés au mur tuteur ; ceux qui présenteront une section de 0^m,60 centimètres de longueur sur 0^m,25 centimètres de largeur pourront être en plâtre pigeonné à la main.

Ceux de dimensions moindres devront, à moins d'une autorisation spéciale, être construits, soit en briques, soit en terres cuites, et recouverts en plâtre.

ART. 7. — L'épaisseur des languettes, parois et costières des tuyaux engagés dans les murs ou adossés, ne pourra jamais être inférieure à 0ᵐ,08 centimètres, enduits compris.

ART. 8. — Les tuyaux de cheminée ne pourront dévier de la verticale, de manière à former avec elle un angle de plus de 30 degrés.

Ils devront avoir une section égale dans toute leur hauteur et seront facilement accessibles à leur partie supérieure.

ART. 9. — Ne sont pas assujettis aux prescriptions de constructions indiquées dans les articles précédents, notamment en ce qui concerne la nature des matériaux à employer :

1° Les tuyaux de fumée placés à l'extérieur des habitations ;

2° Les tuyaux des foyers mobiles ou à flamme renversée, pourvu que ces tuyaux ne sortent pas du local où est le foyer ;

3° Enfin les tuyaux de foyers d'usines, autant qu'ils ne traversent pas d'habitation.

Ces dispositions doivent être complétées par celles de l'ordonnance du 15 septembre 1875, prises par le Préfet de police pour prévenir les incendies, on peut se reporter à cet égard aux articles 6 à 12 de cette ordonnance.

Tête ou souche. — C'est la partie du tuyau qui s'élève au-dessus du toit de la maison. Le propriétaire d'une maison basse peut être contraint à élever ses cheminées au-dessus de son toit, aussi haut qu'il est nécessaire pour que les voisins ne soient pas incommodés ; on fait régler au besoin la hauteur par des experts.

Quelques auteurs ont prétendu que le propriétaire d'une cheminée ne peut être contraint à élever le tuyau à plus d'un mètre au-dessus des combles.

Cette limitation ne résulte d'aucun règlement ; elle est contraire à la raison : l'obligation de ne pas incommoder les voisins par la fumée est la seule règle à suivre, même quand la cheminée est adossée à un mur de clôture, mitoyen ou non ; tous les moyens nécessaires doivent être employés pour atteindre ce but. (Perrin, Rendu et Sirey, n° 1116.)

Nous ne devons pas clore le paragraphe relatif aux cheminées sans examiner deux questions qui divisent les auteurs et la jurisprudence.

La première est celle-ci :

Est-il permis d'encastrer une cheminée dans la moitié de l'épaisseur du mur mitoyen?

Rappelons d'abord que la coutume de Paris dont le Code a suivi les dispositions ne le permettait pas.

C'est une première raison pour s'y opposer puisqu'aux termes de l'art. 674 nous devons en cette matière suivre les règlements et les usages.

Mais l'art. 657 du Code civil n'autorise chaque copropriétaire à faire des enfoncements dans un mur mitoyen que pour y placer des poutres et des solives ; à l'égard des cheminées, cet article n'en permet que l'adossement.

D'un autre côté, l'art. 662 s'oppose à tout enfoncement dans le mur mitoyen sans le consentement du voisin.

L'encastrement d'une cheminée dans un mur mitoyen est nuisible à la solidité de ce mur et occasionne des dangers d'incendie.

Il est, d'ailleurs, impossible aux deux propriétaires du mur mitoyen de placer chacun de son côté une cheminée au même endroit dans l'épaisseur du mur sans le détruire, sans supprimer en quelque sorte la séparation.

Il a cependant été jugé qu'une cheminée peut être établie dans un mur mitoyen si l'épaisseur du mur permet au voisin d'en établir une semblable. (Dijon, 18 août 1847, S. 47—2—247.)

Voici cet arrêt :

« La Cour: Considérant qu'il résulte des dispositions de
« l'art. 662 du Code civil que l'un des voisins peut prati-
« quer des enfoncements dans le mur mitoyen en faisant
« régler par experts les moyens nécessaires pour que le
« nouvel ouvrage ne soit pas nuisible aux droits de l'autre;
« que la loi ne restreint pas la faculté de pratiquer un en-
« foncement pour un genre de construction spécial;
« qu'ainsi cette faculté peut être étendue à l'établissement
« d'une cheminée qui, d'après l'épaisseur du mur, peut y
« être prise jusqu'à une certaine profondeur, pourvu que
« les deux propriétaires puissent jouir d'un droit égal sans
« compromettre la solidité du mur et faire craindre des
« dangers d'incendie ;

4

« Qu'il y a d'autant plus lieu de le décider ainsi que tel
« est l'usage constamment suivi à Dijon, ainsi que l'atteste
« les auteurs qui ont écrit sur ces usages et notamment Ban-
« nelier. »

Il est permis de croire que cette dernière considération
a été pour beaucoup dans la décision de la Cour de Dijon,
qui, à cette époque surtout, était très imbue des idées de
la coutume de Bourgogne.

On cite (ce qui est plus grave) un assez récent arrêt
(Chambre des requêtes) de la Cour de cassation du 20 novembre 1876, D. 78-1-416, J. P. 1877, p. 376.

Mais cet arrêt se borne à dire que l'art. 662 n'attache
pas à l'inobservation de ses prescriptions la sanction de la
destruction des travaux, et qu'en l'absence d'une telle
sanction, il appartient aux tribunaux, suivant les cas,
d'examiner s'il y a lieu d'ordonner la destruction des travaux irréguliers ou leur modification et de prendre toutes
mesures propres à réparer le dommage cause et à prévenir les dommages futurs ;

Qu'en conséquence, il n'y a pas eu violation de la loi
à ne point ordonner, avant toute vérification, la suppression
des cheminées.

Enfin, on cite encore comme favorable à l'opinion qui
permet d'encastrer une cheminée dans un mur mitoyen,
(Aubry et Rau, tome 2, § 222, n° 34) ; mais ces auteurs se
bornent à parler, pour en permettre l'établissement, des
armoires ou niches et des tuyaux de descente des fosses
d'aisances, pourvu que ces innovations ne causent aucun
préjudice au voisin.

Ils posent en note la question des cheminées, mais sans
la résoudre.

MM. Frémy, Ligneville et Perriquet (*Traité de la Législation des bâtiments et constructions*, tome 2, n° 652) émet-
tent formellement l'avis qu'il n'est pas permis d'encastrer
une cheminée dans la moitié de l'épaisseur du mur mitoyen.

Ils pensent qu'il y a dans l'arrêt de Dijon ce qu'ils
appellent une déviation des principes clairement formulés
par le Code civil.

Nous pensons que leur opinion doit être suivie.

La seconde question qu'il nous reste à examiner est
celle-ci :

Celui qui achète la mitoyenneté d'un mur peut-il, en
admettant que l'encastrement soit prohibé en général,

exiger que la cheminée encastrée soit sortie de l'épaisseur du mur?

Lepage, tome 1er, p. 150, reproduisant l'opinion de Desgodets, soutient l'affirmative.

Le propriétaire du mur, dit-il, devait savoir qu'une cheminée ne peut être encastrée dans un mur mitoyen et prévoir la possibilité de l'achat de la mitoyenneté par le voisin et l'exigence née de cet achat.

Mais Pardessus, tome 1er, no 172,

Perrin, Rendu et Sirey, no 1126,

Frémy, Ligneville et Perriquet, T. 2, no 653,

La Cour de Poitiers, 28 décembre 1841, S. 42-2-464,

La Cour de cassation (Chambre des requêtes), 7 janvier 1845, S. 45-1-269,

Enfin, la Cour de Bourges, 19 février 1872, D. 72-2-123, répondent victorieusement, selon nous :

« Le propriétaire du mur en dispose comme il l'entend
« et l'y autorise l'art. 544 du C. C. Il n'a pas à s'enquérir
« de ce que le voisin fera ou ne fera pas plus tard.

« Il peut croire que celui-ci achètera la mitoyenneté. Il
« peut aussi croire qu'il ne l'achètera pas. L'art. 662 ne
« défend de pratiquer des enfoncements dans un mur,
« qu'autant que ce mur est déjà mitoyen, le droit accordé
« au voisin d'acheter la mitoyenneté ne saurait avoir d'ef-
« fet rétroactif sur l'usage auquel le mur a déjà été consa-
« cré : la mitoyenneté du mur est achetée relativement à
« l'état où il se trouve : le voisin a dû connaître l'existence
« de la cheminée en visitant le mur pour en faire l'estima-
« tion : il a dû payer la mitoyenneté en conséquence. »

Ces dernières raisons nous paraissent péremptoires et nous pensons que c'est cette opinion qui doit être suivie.

§ 2

DES CARRIÈRES

Nous ne parlerons des carrières que dans les rapports de leurs propriétaires avec les propriétaires voisins.

Le droit des propriétaires de carrières est limité par la prohibition de pousser les excavations au delà d'une certaine distance des chemins et édifices.

Remarquons d'abord qu'à Paris toute exploitation de carrières de pierres à bâtir, moellons, pierres à chaux, plâtre, etc., est interdite par les règlements des 22 mars et 4 juillet 1813, art. 54 et 57.

Ce qu'on va lire ne peut donc s'appliquer qu'en dehors des murs d'enceinte ou des lignes d'octroi.

A l'égard des exploitations par galeries souterraines, la distance est fixée par l'arrêté qui autorise l'exploitation.

(Loi du 21 avril 1810, art. 47 à 50, art 82). Aux termes des anciens règlements, les carrières à ciel ouvert ne peuvent être exploitées à moins de soixante mètres de distance des grandes routes, et de dix mètres des chemins, édifices et bâtiments quelconques.

Il faut de plus que l'exploitant laisse un mètre par mètre d'épaisseur des terres au-dessus de la masse exploitée, aux abords des chemins, édifices et constructions (arrêts du conseil des 9 mars 1723 et 14 mars 1741 ; voir aussi décrets des 22 mars et 4 juillet 1813 et règlement annexé).

Un arrêté du ministre de l'intérieur, du 6 juin 1834, décide que la distance doit être observée même à l'égard d'une construction postérieure à l'ouverture de la carrière, cette constructions ne consistât-elle que dans un simple mur. Cet arrêté se fonde sur ce qu'un propriétaire ne peut être privé du droit de bâtir sur son sol.

Les termes constructions quelconques employés par les décrets des 22 mars et 4 juillet 1813 semblent justifier cette décision.

Un arrêt de la Cour de Colmar, du 23 novembre 1833, décide que l'observation des distances n'est pas obligatoire pour les carrières à ciel ouvert, attendu que l'article 81 de la loi de 1810 a dispensé l'ouverture de ces carrières de toute permission préalable : mais MM. Frémy, Ligneville et Perriquet remarquent avec raison qu'il y a là une erreur certaine, puisque l'article précité ne dispense de la permission que sauf observation des règlements généraux sur l'exploitation, lesquels prescrivent l'observation des distances (conseil d'Etat 27 octobre 1837).

Dans les exploitations par puits, il y a également des distances à observer.

Le décret du 22 mars 1813, art. 36 et celui du 4 juillet, art. 28, parlent uniquement de celle qui concerne l'ouverture des puits, et la fixent à vingt mètres des chemins, édifices et constructions quelconques, et quant aux galeries sous les chemins et édifices, le règlement annexé au décret, se contente de prescrire de nombreuses mesures de précautions et de surveillance qui garantissent jusqu'à un certain point la solidité du sol; mais la déclaration de 1780 défend d'exploiter des carrières sous le terrain d'autrui sans la permission du propriétaire, ce qui emporte défense de pousser des galeries sous un bâtiment sans que son propriétaire y ait consenti.

Mais à quelle distance l'exploitant devra-t-il s'arrêter en cas de refus du propriétaire de laisser pousser les galeries sous son bâtiment ?

Est-ce à 10 mètres ou à 20 mètres?

MM. Frémy, Ligneville et Perriquet pensent que c'est à 10 mètres et la raison qu'ils en donnent, c'est qu'on ne peut exiger pour les galeries souterraines, une distance plus grande que pour les exploitations à ciel ouvert, mais cette raison ne nous paraît pas acceptable, car les travaux souterrains sont toujours plus dangereux que ceux faits au grand jour, et ils peuvent laisser le propriétaire dans une sécurité funeste.

Nous pensons que la distance de vingt mètres doit être observée.

En cas de contravention aux prohibitions dont nous venons de parler, quelle est la pénalité applicable, et quelle est la juridiction compétente pour l'appliquer?

En ce qui concerne les carrières souterraines, la Cour de cassation applique l'article 96 de la loi de 1810, c'est-à-dire la peine de 100 fr. à 500 fr. d'amende et par conséquent la compétence du Tribunal de police correctionnelle (rej. crim., 29 août 1851. D. 51-1,279-23 janv. 1857. S.57-1-393).

Mais à l'égard des carrières exploitées à ciel ouvert, elle admet exclusivement la pénalité de l'art. 471 n° 15 c. p. et la compétence du Tribunal de simple police (rej. crim. 29 août 1845. D. 45-1-398. Cassation crim. 19 décembre 1856. D. 56-1-417. 25 janvier 1857. D. 57-1-62).

§ 3

DES CAVES ET VOUTES

Le principe consacré par l'article 552 du C. C. à savoir que la propriété du dessus emporte la propriété du dessous, autorise tout propriétaire à creuser des caves dans son terrain.

Mais ce principe, comme tous les autres, est limité dans son application par l'intérêt de la sécurité publique et le respect de la propriété d'autrui.

Ainsi l'édit de décembre 1607, défend de creuser aucune cave sous la voie publique; une ordonnance du bureau des finances renouvelle cette défense pour Paris, à peine de 300 fr. d'amende contre les propriétaires, entrepreneurs et maçons, amende qui peut être réduite au vingtième, d'après la loi du 23 mars 1842.

Et la cave creusée sous la voie publique, à quelqu'époque qu'elle remonte, est imprescriptible, comme tout ce qui fait partie du domaine public.

Dans le double intérêt de la sécurité des habitants et du respect de la propriété voisine, un règlement de 1865 prescrit les règles de construction à observer pour les murs en fondation, lesquelles sont les mêmes pour les murs latéraux des caves.

D'après ce règlement, la jurisprudence de la préfecture de la Seine a adopté les règles suivantes sur les murs dont il s'agit.

Les tranchées ouvertes pour établir des fondations seront creusées jusqu'au bon sol.

La profondeur des tranchées sera de un mètre au moins pour les fondations du bâtiment et de 0 m. 65 centimètres au moins pour les fondations du mur de clôture, quand même le bon sol se rencontrerait à une moindre profondeur.

A défaut du bon sol, on emploiera les moyens d'art usités en pareil cas.

Lorsque sous le sol ou sous l'étage du rez-de-chaussée, on devra pratiquer des étages souterrains, caves, fosses, etc., les tranchées seront de 0 m. 50 centimètres en contrebas du dernier berceau de la fosse.

Tout étage au-dessous du sol du rez-de-chaussée sera voûté en maçonnerie.

Lorsque la largeur d'une voûte excédera 6 mètres, ou lorsque sa forme sera surbaissée, il sera établi des chaînes en pierres dont l'espacement sera de 4 mètres au plus.

Les murs de fondation seront érigés entre deux lignes.

Il ne sera employé dans la construction de ces murs que des pierres en moellons durs, liaisonnés et joints entre eux et qui seront posés à bain de mortier de chaux et de sable, par rangs ou assises arasés de niveau; le mortier sera composé d'un tiers de chaux éteinte et de deux tiers de sable.

Les pierres en moellons durs, la meulière exceptée, ne seront mis en œuvre qu'après avoir été dressées à leurs parements et joints.

Le mur de fondation formera toujours empâtement de 0 m. 09 centimètres au moins de chaque côté, avec les murs en élévation.

Celui qui devra supporter un pan de bois ou un mur en briques aura au moins 0 m. 50 centimètres d'épaisseur.

Les murs de fondation seront continus et sans interruption, même au droit des baies de toute nature qui seraient pratiquées au rez-de-chaussée.

Lorsqu'ils sont plantés entre deux hauteurs différentes du sol, ils sont renforcés, soit par un mur en talus, soit par des éperons liaisonnés avec le corps des murs de fondation (art. 192, coutume de Paris).

Aucun mur de fondation, supportant des constructions supérieures ne servira de paroi pour fosses d'aisances, ni de point d'appui pour les voûtes de ces fosses.

C'est la conséquence de l'article 674 du Code civil, qui exige l'observation d'une certaine distance de la propriété voisine.

Ajoutons que celui qui se sert du mur du voisin pour former l'un des côtés ou l'un des bouts d'une cave doit en acheter la mitoyenneté.

En ce qui concerne l'adossement des voûtes contre les murs mitoyens, ni la coutume de Paris, ni le Code civil n'ont indiqué les règles à suivre. Il en existe cependant qui résultent des principes généraux du droit, et que nous allons indiquer.

On distingue deux espèces de voûtes de caves :

La voûte en berceau dont le cintre se courbe à droite et à gauche et dont les bouts sont fermés par des murs pignons ;

La voûte d'arête en lunettes qui est cintrée par quatre côtés et dont les cintres forment quatre arêtes saillantes qui se rencontrent dans le haut en un centre commun : chacun de ces cintres se nomme lunette.

La construction des voûtes est soumise à des règles différentes suivant qu'il s'agit de voûtes en berceau ou de voûtes d'arête en lunettes.

Quant aux voûtes en berceau, lorsque le bout en est fermé par un mur mitoyen, formant pignon, de ce côté comme du côté du voisin, il n'est pas nécessaire de fortifier ce mur par un contremur, puisqu'il ne supporte l'effort d'aucune voûte, mais on doit faire un contre-mur, s'il y a du côté du voisin non plus une cave, mais un terre-plein qui ait besoin d'être soutenu, et que le mur mitoyen ne soutienne pas suffisamment (Perrin, Rendu et Sirey, nos 618 et 619).

Si l'on fait porter la voûte sur le mur de séparation et que ce mur soutienne en même temps une autre voûte du côté du voisin, à la même hauteur, le contre-mur n'est pas nécessaire, la poussée étant la même de chaque côté. (Perrin, Rendu et Sirey, n° 622.) Mais si les deux voûtes ne sont pas à la même hauteur, il faut un contre-mur pour empêcher le mur de déverser d'un côté ou de l'autre, et même des deux côtés.

Il faut aussi un contre-mur si on adosse une voûte à un mur de séparation servant de pignon à la cave du voisin, ou soutenant un terre-plein : c'est l'avis de Desgodets sur l'art. 191 de la coutume de Paris.

Les voûtes d'arête en lunettes peuvent être adossées à un mur de séparation sans contre-mur, mais on construit le long du mur deux dosserets ou pilastres en pierre d'une épaisseur et d'une largeur capables de porter les deux arêtes qui se courbent du côté du mur mitoyen (Perrin, Rendu et Sirey n° 620, Lepage, t. I, p. 165).

Dans tous les cas que la voûte soit en berceau ou en arêtes en lunettes, le contre-mur doit être incorporé au mur de séparation pour donner plus de solidité à l'un et à l'autre, et avoir une hauteur et une épaisseur proportionnées aux dimensions de la voûte, et suffisantes pour en soutenir la poussée.

Il est de plus incontestable, en présence de l'art. 662 du code civil, que ces travaux ne peuvent être faits sans le consentement du voisin si le mur de séparation est mitoyen et à plus forte raison s'il lui appartient en entier (Perrin, Sirey et Rendu, n° 624).

Enfin quelles que soient les précautions prises, le propriétaire de la cave demeure toujours responsable du dommage que sa construction causerait au voisin.

Le propriétaire d'une cave située sous le terrain d'autrui doit en entretenir la voûte en bon état pour que le propriétaire du dessus ne soit exposé à aucun affaissement.

Si la cave se trouve sous une cour, le propriétaire de celle-ci doit en entretenir le pavé de manière à empêcher les eaux pluviales de pénétrer jusqu'à la voûte.

A Paris, les ordonnances de police des 11 mai 1701, 28 janvier 1741 et 13 février 1802 enjoignent aux propriétaires, dans l'intérêt de la salubrité publique et sous peine d'amende, de faire épuiser l'eau qui aurait pénétré dans leurs caves, et de faire enlever les vases et limons qui s'y trouveraient.

A leur défaut, les locataires sont tenus de la même obligation, sauf à retenir, sur leurs loyers, le montant des salaires des ouvriers.

Ils sont également passibles de l'amende en ce cas. (Elouin, dict^re de police, p. 357. Perrin, Sirey et Rendu n° 632.)

§ 4

ÉCURIES, ÉTABLES

MATIÈRES CORROSIVES.

Bien que la coutume de Paris et l'art. 674 du Code civil ne parlent que des étables, il est évident que leurs dispositions et les précautions à prendre pour garantir la propriété voisine et la salubrité publique s'appliquent également aux écuries.

L'article 674 veut qu'on laisse une certaine distance entre les étables (et écuries) et le mur qui les sépare de la propriété contiguë, ou qu'on fasse les ouvrages prescrits par les règlements et usages particuliers pour obvier au dommage que leur proximité pourrait causer au voisin.

A Paris, ces règlements et usages consistent d'abord dans l'art. 188 de la coutume de Paris aux termes duquel le mur séparant l'étable (ou l'écurie) de la propriété voisine, doit être préservé du contact du fumier par la construction d'un contre-mur.

Le contre-mur, d'après l'article 674, est nécessaire pour garantir le mur mitoyen, comme le mur appartenant exclusivement au voisin.

Est-il également nécessaire si le mur appartient exclusivement au constructeur de l'étable?

Nous ne le pensons pas, pourvu que le voisin soit suffisamment préservé de toute infiltration des eaux de fumier par l'épaisseur et la bonne construction de ce mur.

C'est une question de fait et d'expertise.

Mais le propriétaire prévoyant fera bien de faire dans tous les cas un contre-mur.

C'est l'avis de MM. Perrin, Rendu et Sirey, n° 1664.

Ce n'est pas seulement le mur de l'étable ou écurie auquel sont attachées les mangeoires, qui doit être garanti par un contre-mur, mais aussi tout mur qui touche à la propriété voisine et qui peut être endommagé par le fumier.

Le contre-mur est nécessaire, quelle que soit l'espèce d'animaux habitant l'écurie ou étable, et alors même qu'on enlèverait le fumier tous les jours, car elle n'en est pas moins constamment garnie; ce qui suffit pour détériorer les murs.

L'article 188 de la coutume de Paris dit que la hauteur du contre-mur doit être celle du rez-de chaussée de la mangeoire, mais Desgodets remarque avec raison que si l'on entend par rez-de-chaussée le fond de la mangeoire, il n'y aura presque pas de contre-mur dans les étables où les mangeoires sont ordinairement fort basses; et Goupy pense que cette hauteur doit être égale à celle des entassements de fumier faits contre le mur à protéger.

Mais comme il n'y a là rien de fixe, nous pensons que ces contre-murs doivent avoir environ un mètre au-dessus de l'aire du rez-de-chaussée de l'étable ou écurie.

L'épaisseur des contre-murs doit être de 8 pouces (art. 188 de la coutume).

Pour que la précaution du contre-mur soit utile, il faut, outre l'épaisseur et la hauteur convenables, une fondation assez profonde pour empêcher les eaux de l'étable ou écurie, de pénétrer jusqu'à celles du mur séparatif.

Desgodets demande 2 pieds au moins (0^{m}36 cent.).

Goupy prétend que un pied (0,33 c.) suffit, si l'étable ou écurie est pavée à chaux et à ciment, le pavé garantissant les fondations du mur séparatif, bien mieux que ne le ferait un supplément de profondeur.

Lepage ajoute que si le pavage n'est pas de cette nature, la profondeur doit être d'un mètre.

Enfin MM. Frémy, Ligneville et Perriquet (Tome 2, p. 219) pensent que la seule règle à suivre, c'est que la fondation soit assez basse pour que les eaux ne pénètrent pas jusqu'au mur de séparation ; c'est du reste la règle applicable à la construction du contre-mur en général. Il doit être de nature à garantir parfaitement le mur qu'il est destiné à protéger.

Répétons ici que si ces précautions sont insuffisantes pour garantir le voisin, et que le voisinage de l'écurie ou de l'étable cause à celui-ci un préjudice sérieux et appréciable, le propriétaire de ladite écurie ou étable sera tenu de le réparer (article 1382 du code civil).

A Paris, les étables des vacheries sont soumises à des règles particulières de hauteur, de longueur, de largeur et d'aération, formulées par les ordonnances de police des 23 prairial an X, 25 juillet 1822 et 27 février 1838.

L'art. 674 et les précautions qu'il indique, sont applicables aux murs séparatifs contre lesquels sont établis des magasins de sel ou autres amas de matières corrosives.

Desgodets nous apprend que l'usage est de faire un contre-mur d'un pied d'épaisseur, auquel on donne la même longueur et la même hauteur qu'au mur à garantir, et une fondation de trois pieds de profondeur.

En cas de difficulté on a recours à une expertise.

Il ajoute que ceux qui entassent du fumier contre les murs mitoyens (ou appartenant au voisin), par exemple les maraîchers, jardiniers-fleuristes, pépiniéristes, doivent les garantir par des contre-murs de huit pouces d'épaisseur, de deux pieds de profondeur en fondation avec une hauteur et une largeur suffisantes pour que les murs soient complètement garantis.

Il cite un arrêt du Parlement de Paris du 26 août 1650 qui a reconnu en pareil cas la nécessité d'un contre-mur.

Disons d'une manière générale que les termes de l'article 674 comprennent tout amas de matières susceptibles d'être considérées comme corrosives, tout établissement analogue à ceux qu'indique la loi, comme acqueduc, puisard, terres jectisses.

L'art. 192 de la coutume de Paris voulait même qu'on établît un contre-mur avant de labourer le terrain le long du mur mitoyen ; mais cette disposition n'est plus observée : le contre-mur est évidemment inutile.

Il suffit de laisser un petit sentier entre le mur et la terre labourée.

§ 5

FORGES, FOURS, FOURNEAUX
MACHINES A VAPEUR

La plupart des solutions que nous avons données à la question des cheminées s'appliquent aux forges, fours et fourneaux.

L'art. 674 veut qu'en les construisant près d'un mur de séparation mitoyen ou non, on observe les précautions prescrites par les règlements locaux, et qu'à défaut de réglements on se conforme à l'usage.

La plupart des coutumes exigent un contre-mur.

Celle de Paris veut que le contre-mur ait un pied (0m.33 centimètres d'épaisseur).

Elle exige, en outre, entre ce contre-mur et le mur un intervalle vide d'un demi-pied (16 à 17 centimètres) cet intervalle se nomme tour du chat ou tour de la souris, selon son étendue.

Le contre-mur doit s'étendre dans toute la largeur et la hauteur de la forge, du four ou du fourneau et l'espace vide qui le sépare du mur ne doit être fermé ni dans le haut ni aux extrémités de manière à ce que l'air, circulant librement, garantisse le mur des atteintes de la chaleur.

Parmi les forges auxquelles sont applicables les règles de construction dont nous venons de parler sont comprises celles des maréchaux, des taillandiers, des serruriers, des couteliers, des orfèvres, et généralement de tous les ouvriers qui emploient la forge, qu'elle qu'en soit la forme et quelle que soit la matière travaillée.

Les fours dont il s'agit sont non seulement ceux des boulangers, pâtissiers, traiteurs, des cuisines, mais encore tous ceux que l'industrie allume pour quelque objet que ce soit et quelle qu'en soit la forme ; ainsi les fours propres à cuire la porcelaine, la poterie de terre et ceux des manufactures analogues sont dans le même cas.

Lepage (continuateur de Desgodets) fait même observer que ces sortes de fours étant beaucoup plus ardents que ceux des boulangers et pâtissiers, il est convenable que l'espace qui sépare le mur et le contre-mur soit plus considérable, c'est-à-dire d'un pied ou 0 m. 33 centimètres au lieu de 16 à 17.

Enfin, sous le nom de fourneaux, il faut entendre tous les feux qui servent aux arts et métiers quels que soient leur dénomination, leur forme et leur usage, ainsi que les fourneaux des salpêtriers, des brasseurs, des teinturiers, des affineurs, des fondeurs, des chapeliers et généralement de tous les genres de manufactures qui emploient cet agent dangereux.

Le fourneau potager d'une cuisine ordinaire exige-t-il un contre-mur ? Non, répond Lepage, quand le mur près

duquel on construit le fourneau est de bonne maçonnerie.

Mais si le fourneau de cuisine est placé près d'une cloison ou d'un pan de bois, tous les architectes s'accordent à
direqu'il doit être pris des précautions, et la plus certaine
est de faire un contre-mur construit avec un rang de briques posées sur plat, ayant toute la longueur du fourneau
et montant plus haut.

Pour un fourneau construit dans une maison particulière
on n'a pas coutume de laisser un espace vide entre le contre-mur et le mur; mais cet isolement peut être exigé s'il
s'agit du fourneau d'un traiteur, d'un restaurateur et, en
général, d'une cuisine où le feu est considérable et conti-
nuellement allumé.

Tout ce que nous avons dit relativement au contre-cœur,
à l'âtre et aux tuyaux des cheminées s'applique, et à plus
forte raison, aux forges, fours et fourneaux.

Ajoutons que les précautions à prendre nous paraissent
devoir être les mêmes soit que le mur près duquel ils sont
construits appartienne au voisin, soit qu'ils appartien-
nent au constructeur lui-même, parce que si le danger est
moins grand, il n'en est pas moins réel, et que les mesures à prendre intéressent à la fois la propriété privée et la
sécurité publique.

Si les règles de l'article n'ont pas été observées dans la
construction des forges, fours et fourneaux, les voisins qui
éprouvent un dommage ou qui ont à craindre l'incendie,
peuvent en demander la démolition.

C'est ce que la Cour de cassation a décidé par arrêt du
29 janvier 1829 (S. 29-1-201).

La Cour de Bordeaux a jugé par arrêt du 30 janvier 1839,
que bien que la construction d'un four soit conforme aux
règlements administratifs et aux règles de l'art, le propriétaire est responsable du dommage causé par la fumée
aux appartements du voisin, lorsque le tuyau n'est pas
suffisamment élevé : cette décision offre une juste application de l'art. 1382 du c. c. (Dalloz-40-2-04). La même doc-
trine a été suivie par d'autres arrêts (Caen, 9 juin 1840,
Paris, 16 mars 1841, Rouen, 6 décembre 1842. J. P. 1843-
1-385,389 et 399).

Elle est conforme à de nombreux arrêts en matière d'ateliers insalubres.

Mais ainsi que nous avons dit plus haut, ce principe
doit être appliqué avec mesure et discrétion.

Il faut, pour qu'il y ait lieu à indemnité, que le préjudice causé dépasse la limite de ce que commandent de supporter les obligations de bon voisinage.

C'est le cas de dire : *Est modus in rebus : sunt certæ deni que fines*) :

L'établissement des machines à vapeur est soumis à des conditions particulières, autrefois réglées par l'ordonnance du 25 janvier 1843, à cette ordonnance a succédé un décret du 24 août 1865, enfin ce décret a été remplacé par un décret du 30 avril 1880.

Nous laissons de côté les prescriptions techniques de ce décret pour ne parler que des distances qui doivent être observées entre les chaudières et les habitations.

L'article 16 interdit d'établir une chaudière de première catégorie (voir pour les catégories l'article 14) à moins de trois mètres d'une maison d'habitation.

Lorsqu'une chaudière de première catégorie est placée à moins de 50 mètres d'une maison d'habitation, elle en est séparée par un mur de défense (voir la suite de l'article pour les conditions techniques de ce mur.

L'établissement d'une chaudière de première catégorie à la distance de dix mètres au plus d'une maison d'habitation n'est assujetti à aucune condition particulière.

Les distances de 3 mètres et de 10 mètres fixées ci-dessus sont réduites respectivement à 1 mètre 50 et à 5 mètres lorsque la chaudière est enterrée de façon que sa partie supérieure se trouve à 1 mètre en contre-bas du sol du côté de la maison voisine.

Art. 17. — Les chaudières comprises dans la deuxième catégorie peuvent être placées dans l'intérieur de tout atelier, pourvu que l'atelier ne fasse pas partie d'une maison d'habitation.

« Les foyers sont séparés des murs des maisons voisines
« par un intervalle libre de un mètre au moins. »

Art. 18. — Les chaudières de 3me catégorie peuvent être établies dans un atelier quelconque, même lorsqu'il fait partie d'une maison d'habitation.

« Les foyers sont séparés des murs des maisons voisines
« par un intervalle libre de 0m50 au moins. »

Art. 20. — Si postérieurement à l'établissement d'une chaudière un terrain contigu vient à être affecté à la construction d'une maison d'habitation, celui qui fait usage de la chaudière devra se conformer aux mesures prescrites par les articles 16, 17 et 18, comme si la maison eût été construite avant l'établissement de la chaudière.

§ 6

FOSSES D'AISANCES. — CLOAQUE
TROU A FUMIER.

L'article 193 de la coutume de Paris veut que tous propriétaires de maisons en ville et faubourg de Paris soient tenus d'avoir latrines et privés suffisants en leurs maisons.

Cette obligation a été étendue aux communes rurales du ressort de la Préfecture de police par une ordonnance de 1er octobre 1853.

Le même article 193 exige que les fosses soient d'une capacité suffisante; leur grandeur doit être proportionnée à l'importance des maisons et au nombre des personnes qui les habitent, afin que la vidange n'incommode pas trop le voisinage.

Mais on doit éviter, autant que possible, de creuser les fosses jusqu'à l'eau, et si l'on s'y trouve contraint, employer les procédés de construction convenables pour empêcher que les eaux n'y pénètrent pendant les crues et n'infectent les terres voisines en se retirant.

L'article 674 du Code civil comprend les fosses d'aisances parmi les constructions qui doivent n'être faites qu'à distance de certaines autres, ou au moins en être séparées par un contre-mur.

Cet article est applicable au mur mitoyen comme au mur du voisin et même au mur du propriétaire qui construit, si on admet avec nous qu'il est d'ordre et d'intérêt publics.

Quant aux travaux, ils consistent dans la construction d'un contre-mur fondé plus bas que le sol de la fosse d'aisances montant jusqu'au niveau et ayant une longueur suffisante pour empêcher l'infiltration au delà de ses extrémités. Il serait bon que le contre-mur fût circulaire et entourât la fosse entière.

La coutume de Paris exige pour le contre-mur un pied (0m33) d'épaisseur : entre une fosse d'aisances et un puits quatre pieds (un mètre 33 centimètres).

Le contre-mur ne peut être incorporé au mur mitoyen

sans le consentement du voisin ou l'autorisation de la justice (art. 662 C. C.).

Si le mur appartient exclusivement au voisin et que celui-ci ne consente pas à l'incorporation, le constructeur doit se borner à établir le contre-mur près du mur de séparation. Il peut du reste acheter la mitoyenneté du mur, et alors forcer le voisin à souffrir l'incorporation.

Si la fosse est creusée près d'un mur ou d'une cave, celui qui l'établit doit seul faire le contre-mur.

Si elle est creusée près d'un puits, chacun des deux propriétaires devant avoir son contre-mur, tous deux doivent contribuer à la dépense.

Si deux fosses d'aisances sont construites l'une à côté de l'autre sur deux propriétés différentes, la coutume de Paris ne dit pas quelle doit être l'épaisseur du contre-mur qui les sépare; elle ne parle que de l'épaisseur du contre-mur entre deux puits, qu'elle fixe à trois pieds.

Par analogie, on doit donner la même épaisseur au contre-mur entre deux fosses d'aisances.

Ce contre-mur doit d'ailleurs être entretenu et réparé à frais communs.

Les précautions dont nous venons de parler doivent être employées non seulement pour les fosses d'aisances, mais encore pour toute fosse analogue, tels qu'un cloaque ou trou à fumier.

Les ventouses que l'on établit, pour donner de l'air à la fosse et diminuer la mauvaise odeur, ne doivent jamais être ouvertes du côté du voisin, quand même le mur de séparation serait mitoyen. Si, par exemple, elles avaient l'ouverture trop près de ses fenêtres, il pourrait en exiger l'éloignement.

En ce qui concerne la construction, la reconstruction et la réparation des fosses d'aisances, il faut se reporter aux mesures techniques de police, prescrites à Paris par l'ordonnance du 24 septembre 1819 et celle du 23 octobre 1850.

La vidange des fosses d'aisances appelle l'attention de l'autorité autant que leur construction et réparation.

Il faut veiller à ce qu'elle ait lieu avec tous les soins nécessaires pour que les habitants n'en soient pas trop incommodés.

Elle a fait l'objet de plusieurs ordonnances de police dont la plus importante est celle du 5 juin 1854, complétées par celles du 23 septembre 1843, 26 janvier 1846, 24 mai et 12 décembre 1849 et 29 novembre 1854.

§ 7

PANS DE BOIS

Nous n'en parlerons que pour dire que c'est en général un mode vicieux de construction, tombé en désuétude, peu en harmonie avec les besoins nouveaux et les exigences modernes ; et pour rappeler qu'à Paris un règlement de 1672, renouvelé le 10 novembre 1781, puis en janvier 1808, a défendu d'adosser des cheminées aux cloisons en charpente ou aux pans de bois, même en faisant un contre-mur et alors même que le voisin y consentirait.

§ 8

PUITS ET PUISARDS

Aux termes de l'art. 552 du code civil, la propriété du sol emporte la propriété du dessus et du dessous.

Le propriétaire peut faire au-dessous toutes les fouilles qu'il juge à propos et tirer de ces fouilles tous les produits qu'elles peuvent fournir, sauf les modifications résultant des lois et règlements relatifs aux mines et des lois et règlements de police.

En principe, donc, le propriétaire d'un terrain qui a conservé la propriété du dessous peut y creuser un puits à telle place que bon lui semble et lui donner toute la largeur et profondeur qui lui convient.

Il n'a pas à se préoccuper de la profondeur qu'aurait un autre puits dans le voisinage.

Celui qui creuse un puits sur son terrain n'encourt même aucune responsabilité quand il tarit le puits d'un autre ; il use de son droit de propriété. S'il arrête ainsi la source qui passe dans son sol au moment où elle va pénétrer chez le voisin, il ne fait que profiter de l'avantage que lui fournit le cours naturel des eaux.

Ce principe est consacré par une jurisprudence constante (Rejet civil 29 novembre 1830. S. 31 1-110. Grenoble 5 mai 1834. S. 34-2-491, Requête 15 janvier 1835 S. 35-1-957. Rejet civil 26 juillet 1836. S. 36-1-819. Requête 10 juillet 1837. S. 37-1-684, rejet crim. 13 avril 1844. S. 4-1-664.

6

Cassation civ. 4 décembre 1849. S. 50-1-33. Montpellier
16 juillet 1866. S. 67-2-115. Voir encore req. 4 décembre
1860 3-61-1-149).

Le voisin n'a pas à se plaindre et ne peut réclamer aucune indemnité. Il devra creuser son puits plus profondément pour trouver une autre source.

La liberté, en cette matière, n'est cependant pas illi-
mitée.

Elle est d'abord restreinte dans le voisinage des cimetières : le décret du 7 mars 1808 soumet à l'autorisation
administrative celui qui veut creuser un puits à moins de
100 mètres de distance d'un cimetière, ou réparer un puits
déjà existant dans cette limite.

De même, la loi du 14 juillet 1856 accorde aux sources
d'eaux minérales un périmètre de protection dans lequel il
est interdit de faire des fouilles et sondages sans autorisation préalable.

Au reste, les précautions à prendre pour l'établissement
d'un puits sont les mêmes que celles prescrites pour la
construction d'une fosse d'aisance : même distance à obser-
ser, contre-mur à faire.

Tout ce que nous avons dit relativement à l'une s'applique également à l'autre.

A Paris, diverses mesures concernant le percement, le
curage, la réparation et l'entretien des puits, puisards ou
égouts particuliers ont été prescrites par les ordonnances
de police des 13 août 1810, 20 février 1812 et 8 mars 1815,
dont les dispositions ont été reproduites par une dernière
ordonnance du 20 juillet 1838.

Cette ordonnance exige une déclaration préalable à la
Préfecture de police et une autorisation spéciale qui détermine la profondeur du puits.

L'ouverture du puits, quel que soit le genre de construction, doit être défendue dans tout son pourtour, par un
garde-fou en maçonnerie ou en fer, d'une hauteur de 0m70
centimètres au moins.

Nous ne dirons rien de l'entretien, de la garniture ni du
curage des puits, non plus que du mode de construction
des puisards; on peut, à ce sujet, qui ne rentre pas dans
notre travail, se reporter aux ordonnances précitées, aussi
bien qu'aux instructions données par le Conseil de salubrité
de Paris.

§ 9

PROPRIÉTÉS D'UN NIVEAU DIFFÉRENT

Lorsqu'un mur mitoyen est construit entre deux héritages dont l'un est plus élevé que l'autre, il est indispensable d'établir un contre-mur qui empêche les terres du premier de faire effort contre le mur mitoyen et de le renverser.

A qui des deux propriétaires voisins incombe l'obligation de faire à ses frais ce contre-mur ?

Il faut distinguer entre le cas où l'inégalité est naturelle, et celui où elle est le résultat de travaux de main d'homme.

Dans le premier cas, le propriétaire du terrain le plus élevé doit subir les inconvénients de la situation de la propriété et faire le contre-mur de son côté, pour garantir le mur mitoyen, à plus forte raison le mur propriété exclusive du voisin.

Dans le second cas, c'est-à-dire si l'inégalité du sol procède du fait de l'un des propriétaires, c'est à lui de faire le contre-mur de son côté.

Ainsi le propriétaire qui élève son terrain à l'aide de terres rapportées contre un mur mitoyen ou contre un mur propriété exclusive du voisin, doit garantir ce mur par un contre-mur.

L'art. 192 de la coutume de Paris est formel en ce sens.

Le propriétaire qui élève son terrain est même soumis à l'obligation de faire un contre-mur quand le mur de séparation lui appartient exclusivement. Quel que soit le propriétaire du mur, celui qui rapporte des terres doit empêcher qu'elles ne fassent tomber ce mur chez le voisin.

Si, au contraire, l'un des deux propriétaires a abaissé le sol le long d'un mur mitoyen ou d'un mur appartenant au voisin, par exemple en creusant une cave, il doit garantir le mur de la poussée des terres voisines, par un contre-mur.

S'il n'existait pas de mur, il doit en construire un pour soutenir le sol du terrain supérieur.

Enfin si, par la suite, un mur mitoyen vient à être construit, il est encore obligé de le soutenir par un contre-mur.

Dans le cas où le sol serait abaissé d'un côté et en même temps élevé de l'autre, les deux propriétaires devraient faire un contre-mur d'un seul côté et contribuer aux frais chacun dans la proportion de l'élévation ou de l'abaissement donné à son travail.

Le contre-mur doit toujours avoir la longueur et la hauteur des terres qu'il est destiné à retenir.

Quant à son épaisseur, l'art. 192 de la coutume de Paris voulait qu'elle fût d'un pied (0 m. 33 centimètres).

Plusieurs auteurs proposent l'épaisseur de 0 m. 21, Pothier Société n° 211. Perrin, Rendu et Sirey n° 1243.

MM. Frémy, Ligneville et Perriquet pensent que l'épaisseur du contre-mur doit dépendre de la hauteur des terres, de leur nature et de leur solidité et qu'il ne saurait y avoir de règle invariable; tout ce qu'on peut dire, ajoutent-ils, c'est qu'il faut une épaisseur suffisante pour résister à la poussée des terres.

A défaut d'une règle fixe, cette solution serait rationnelle, mais la règle existe, elle est écrite dans l'art. 192 de la coutume de Paris à laquelle s'en réfère l'article 674 du code civil : pourquoi en chercher une autre qui nécessiterait toujours une expertise?

§ 10

DES RÉPARATIONS

DANS LEURS RAPPORTS AVEC LA PROPRIÉTÉ VOISINE.

Aux termes de l'art. 544 du code civil, la propriété est le droit de jouir et de disposer des choses de la manière la plus absolue, pourvu qu'on n'en fasse pas un usage prohibé par les lois et par les règlements.

Il s'ensuit qu'un propriétaire a le droit de faire à sa propriété telle réparation qu'il juge convenable.

Mais il lui est interdit de faire rien de contraire aux droits des voisins.

Ainsi, un propriétaire peut toujours faire une réparation utile ou nécessaire quand aucun droit acquis au voisin né s'y oppose.

Il doit prendre dans l'exécution de ses travaux toutes les précautions usitées ou prescrites par les règles de l'art, pour éviter de nuire au voisin.

Si, par sa faute, ou celle de l'entrepreneur, dont il répond, sauf son recours, il cause un dommage, il est tenu de le réparer.

Pour réparer le bâtiment, le toit, le mur de clôture qui lui appartient exclusivement, il n'a pas le droit de pénétrer chez le voisin, d'y faire passer des ouvriers, ni d'y déposer des matériaux.

Cependant si le propriétaire d'un bâtiment ne peut faire ses réparations qu'en passant chez le voisin, est-il fondé à exercer le passage moyennant indemnité ?

L'affirmative est fondée sur l'analogie qui existe entre ce cas et le cas d'enclave qui permet au propriétaire enclavé de réclamer un passage à ses voisins moyennant indemnité. (V. Pardessus 1 n° 227 Bruxelles 28 mars 1823. S. 23-2-374 Duranton T. 5 n° 316. Marcadé sur l'art. 681, Perrin et Rendu n°s 3998 et 3999, Bordeaux 20 décembre 1836 S. 38-2-132, Solon n° 342, Fournel et Tardif T. 2 p. 520, Aubry et Rau T. 3, paragraphe 238 n° 10.)

Mais la négative ou l'inapplicabilité de l'art. 682 du c. c. est enseignée par Favart. (Voir Servitude, section 2-87, n° 7, Toullier, Tome 3 n° 559, Frémy, Ligneville n° 693, Laurent 28 n° 123, Demolombe n° 424.)

Nous pensons que c'est cette dernière opinion qui doit être suivie.

Il n'y a pas ici d'enclave analogue à celle de l'art 682. Le propriétaire d'un bâtiment peut faire les réparations sans sortir de chez lui ; elles seront plus difficiles à exécuter, mais il ne doit s'en prendre qu'à lui-même s'il n'a pas laissé un espace de terrain libre au delà de son bâtiment. Son droit de bâtir sur la limite des deux terrains ne saurait occasionner aucune charge au voisin.

Domum suam reficere uni cuique licet, dit la loi 61 au *Digeste, dum non invito alteri officiat, in quo jus non habet.*

Cette question, d'ailleurs, revient à celle-ci :

Le droit de tour d'échelle existe-t-il sur le fond voisin à titre de servitude légale ?

Si plusieurs coutumes, comme celles d'Etampes, de Melun, d'Orléans, l'admettaient expressément comme servitude autorisée de plein droit par le seul fait du voisinage, la coutume de Paris, au contraire, gardait le silence sur ce point et n'admettait pas le tour d'échelle, car son article 186 déclarait d'une manière générale qu'il n'y a pas de servitude sans convention expresse.

Le code civil ne parle pas du tour d'échelle, qui ne peut donc être réclamé comme servitude légale, c'est-à-dire en vertu de la situation des lieux et de la volonté de la loi, abstraction faite des conventions ou autres causes d'acquisition (Grenoble, 17 mai 1870. D. 61, 2, 251.)

Dans les villes et faubourgs où la clôture est forcée entre voisins (art. 663 c. c.), celui qui est seul propriétaire d'un mur de clôture a-t-il le droit d'exiger du voisin le passage nécessaire pour faire les réparations à ce mur? Peut-il dire qu'aux termes de l'article 663, il est en droit de le contraindre à contribuer aux frais de la clôture commune, et ajouter qui peut le plus, peut le moins ?

Pardessus n° 227, adopte l'affirmative.

Mais nous pensons que l'opinion contraire enseignée par Toullier, n° 559. Aubry et Rau loc. cit. Demolombe, n° 424. Perrin Rendu et Sirey, n° 4,000. Frémy Ligneville, n° 695, doit seule être suivie.

Sans doute le propriétaire contigü peut forcer le voisin à contribuer aux frais de la clôture, mais il ne s'ensuit pas que quand il ne l'a pas fait, il puisse exiger de ce voisin un passage pour réparer le mur ; autant vaudrait dire qu'il pourra le forcer aux frais de réparations avant qu'il soit devenu co-propriétaire du mur.

Lorsque cette co-propriété existera, elle produira ses effets ; jusque là il faut suivre les règles applicables au mur appartenant à un seul, et le propriétaire d'un tel mur n'a pas la servitude de tour d'échelle sur la propriété du voisin.

Lorsque le mur de séparation des deux propriétés est mitoyen, il en est différemment, et chacun des deux co-propriétaires a le droit de passer chez le voisin, pour y faire les réparations nécessaires ; mais le tour d'échelle n'existe pas ici à titre de servitude. Il est la conséquence de la mitoyenneté et de l'obligation imposée à chaque co-propriétaires, par l'article 655 du Code civil, de contribuer aux réparations du mur mitoyen.

CLOTURES

—

Article 663 du Code civil

—

M. BOYELDIEU-D'AUVIGNY, RAPPORTEUR

CLOTURES

Article 663 du Code civil

Q. — 1° Quelle doit être la hauteur de la clôture entre voisins?

Q. — 2° En quels matériaux et de quelle manière doivent être construits les murs de séparation dont parle l'article 663 du Code civil?

Q. — 3° Quelle est, d'après l'usage, l'épaisseur des murs de clôture suivant l'espèce de matériaux employés?

Ces trois questions ont été résolues dans les termes suivants extraits du cahier des usages locaux de la Ville de Paris rédigé en 1852.

I

R. — L'art. 209, de la coutume de Paris, disposait dans les mème termes que l'article 663 du Code civil. — Il portait : « Que chacun peut contraindre son voisin y ville et fau- « bourg de la prévoté de Paris à contribuer pour faire clô-

7

« ture faisant séparation de leurs maisons, cours et jardins
« situés y dite ville et faubourgs jusqu'à la hauteur de
« dix pieds du rez-de-chaussée compris le chaperon. » —
Cependant, comme cette obligation de se clore jusqu'à
une certaine hauteur est purement de droit privé, l'usage
a consacré que lorsque deux voisins sont d'accord, il leur
est libre de faire les murs de clôture mitoyens qui séparent
leurs héritages plus ou moins hauts pour plus de sûreté ou
pour conserver plus d'air et de jour.

Si l'on veut mettre sur ce mur des chardons ou des
grilles de fer, ils y doivent être mis à frais communs, mis
et scellés sur le milieu de l'épaisseur; si c'est aux dépens
d'un seul, il doit les faire mettre plus près du parement du
mur de son côté.

II

R. — Ces murs doivent être construits en bons moellons
et non de plâtre; ils seront construits à frais communs et sur
terrain commun. Cependant, si par une inégalité de terrain due purement à la nature, le fonds supérieur forme
une espèce de terrasse, le mur qui soutient ces terres est
considéré comme une dépendance et en conséquence appartient au propriétaire du fonds supérieur; la partie du
mur au-dessus qui doit avoir la hauteur légale mesurée
du terrain supérieur, est construite à frais communs et
demeure mitoyenne, tandis que celle inférieure reste au
compte du possesseur du fonds le plus élevé sans aucune
indemnité de surcharge.

Il en est autrement si l'inégalité des terrains provient du
fait de l'un des deux voisins, soit parce qu'il aurait élevé
son terrain, soit parce qu'il l'aurait abaissé en creusant des
caves ou souterrains. Dans l'un ou l'autre cas, c'est à
celui qui a causé l'inégalité des terrains à faire à ses frais
le contre-mur de terrassement ou de soutènement, et de le
monter jusqu'au niveau du terrain le plus élevé. Ce mur de
soutènement lui appartient exclusivement, il doit l'entretenir et il ne lui est rien dû pour la surcharge du mur mitoyen qui est élevé au-dessus jusqu'à la hauteur légale.

III

R. — Lorsque l'on construit un mur mitoyen dans Paris et ses faubourgs, pour la première fois, et pour séparer deux héritages qui ne l'ont pas encore été, l'usage est de donner 28 pouces d'épaisseur au mur pris par moitié, sur chacun des héritages, et si l'un des voisins a besoin qu'il soit plus épais, il est tenu de fournir sur son fonds l'excédent de largeur pour l'asseoir, et l'excédent de dépense qu'a occasionné cet excédent d'épaisseur.

Mais quand on construit un mur à la place d'un ancien mur caduc, mauvais ou démoli, l'un des voisins ne peut pas contraindre l'autre à le faire plus épais qu'il n'était.

La partie en fondation des murs de clôture mitoyens depuis le ban ou s'ils sont de fond jusqu'au rez-de-chaussée, doit être construite en moellons et libage de bonne qualité, etc., etc., avec bon mortier d'un tiers chaux et deux tiers de bon sable (le plâtre est interdit pour ces parties de murs). Ceux au-dessus doivent être élevés en retraite de trois pouces (8 cent.) de chaque côté ; ainsi le mur en élévation ayant 49 cent. (18 pouces) par le bas, le mur de fondation doit avoir 65 cent. (2 pieds) d'épaisseur ; les murs en élévation sont hourdis de plâtre passé au panier.

L'épaisseur des murs de clôture la plus usitée est de 49 cent., mais il n'y a pas d'usage constant là-dessus : elle n'est pas invariablement fixée, elle est arbitraire. Les uns donnent une épaisseur de 18, les autres de 15 pouces et moins, c'est pourquoi un propriétaire ne peut pas contraindre son voisin de donner 18 pouces à un mur de clôture ; il faut qu'ils en conviennent et s'accordent là-dessus.

Si deux héritages situés dans Paris ou ses faubourgs se trouvent séparés par une clôture en planches, charpente et maçonnerie, l'un des voisins peut contraindre l'autre à contribuer à la construction d'un mur à la place de la cloison et à fournir le fonds pour l'épaisseur du mur, chacun par moitié de son côté également ; cet usage est basé sur la sûreté publique qui le requiert.

La Commission ne propose ni modifications, ni additions aux solutions qui précèdent.

LOUAGE

DES

DOMESTIQUES & OUVRIERS

———

Code civil 1780 — 1134 — 1159

———

M. CRANNEY, RAPPORTEUR

LOUAGE

DES

DOMESTIQUES & OUVRIERS

––––

Code civil 1780 — 1134 — 1159

––––––

RÉDACTION DE 1852
—

Le domestiques de l'un ou l'autre sexe ne sont pas loués de droit par l'usage pour une période déterminée.

Mais il existe entre le congé et la sortie un délai de grâce.

Ce délai varie suivant la nature des fonctions :

1° Les domestiques bourgeois, valets de chambre, laquais, cochers, cuisiniers, femmes de chambre, bonnes d'enfants logés et nourris au domicile du maître ne peuvent être congédiés ni quitter leur service, suivant l'usage, qu'après un avertissement donné huit jours d'avance.

Ce délai est dû même à l'égard du domestique entré depuis 24 heures seulement.

Si c'est le domestique qui veut sortir immédiatement sans donner ses huit jours de service, le maître est fondé

LOUAGE

DES

DOMESTIQUES & OUVRIERS

Code civil 1780 — 1134 — 1159

PROJET DE LA COMMISSION

—

La commission n'entend apporter aucune modification à la rédaction de 1852, expliquant seulement que le délai de huitaine, même à l'égard du domestique entre depuis 24 heures, doit être franc et que la dérogation à ce principe général permettant le renvoi immédiat ne saurait s'appliquer qu'aux faits d'infidélité, d'immoralité ou de manquements graves tels qu'insolence, refus de service, etc.

à lui retenir pour toute indemnité le décompte de huit jours de gages.

Si, au contraire, le maître veut congédier immédiatement le domestique, il le peut en lui payant le prorata des huit jours, sans aucune addition pour la nourriture et le logement.

. Ces obligations et indemnités sont réciproquement obligatoires, sauf l'appréciation par les tribunaux des circonstances qui ont pu motiver le renvoi ou la sortie immédiate et qui pourraient par suite motiver la décharge de l'indemnité en tout ou en partie.

2° Les règles ci-dessus s'appliquent aux concierges.

Si le concierge est en même temps locataire, comme cela arrive parfois, d'une chambre ou d'un cabinet, en ce cas, le titre de concierge subordonné à la volonté du propriétaire absorbe tous les autres; le titre principal absorbe les accessoires et le concierge est expulsable du cabinet ou de la chambre dont il payait le loyer en même temps que de sa place, sans autre congé ni délai, selon la volonté du propriétaire qui, dans ce cas, ne peut exiger le paiement du terme de loyer.

Un locataire n'a pas le droit de recueillir à titre de sous-locataire le concierge congédié, l'usage s'y oppose; ce n'est plus jouir paisiblement et en bon père de famille.

3° Les domestiques participant à la profession du maître, tels que chef d'étal de boucher, chef de cuisine ou d'office chez un traiteur ou un limonadier, garçon marchand de vins, garçon pâtissier ou charcutier, commis marchand, demoiselle de comptoir ou de magasin, teneur de livres, ne peuvent être congédiés ni quitter leurs patrons sans un avertissement de quinze jours d'avance, si non, il est dû une indemnité respectivement de ces quinze jours. En outre, s'ils se retirent sans prévenir, ils sont passibles du remboursement des extras que le patron a dû mettre forcément à leur place, et ils sont même tenus de l'indemnité de tout le dommage qu'a pu lui causer cette sortie intempestive et imprévue, le tout sauf l'appréciation par les tribunaux des circonstances qui ont pu motiver le renvoi ou la sortie immédiate.

PROJET DE LA COMMISSION

La commission croit devoir modifier la rédaction rela-
tive à l'interdiction pour tout locataire du droit de sous-
louer au concierge congédié, dans ce sens :

« Le locataire n'a pas le droit de recueillir à quelque
« titre que ce soit, même de sous-locataire, le concierge
« congédié. »

La rédaction du numéro 3 doit être modifiée de la manière suivante :

« Les domestiques participant à la profession du maître, tels que chef d'étal de boucher, chef de cuisine ou d'of
fice chez un traiteur ou un limonadier, garçon pâtissier ou
charcutier, commis marchand, demoiselle de comptoir ou
de magasin, teneur de livres ne peuvent être congédiés
ni quitter leurs patrons sans un avertissement donné
quinze jours à l'avance, si non, il est dû une indemnité
respectivement de ces quinze jours. En outre, s'ils se retirent sans prévenir, ils sont passibles du remboursement
des extras que le patron a dû mettre forcément à leur
place et ils sont même tenus de l'indemnité de tout le
dommage qu'a pu lui causer cette sortie intempestive et
imprévue, le tout sauf l'appréciation par les tribunaux des

8

RÉDACTION DE 1852

Ces règles ne s'appliquent à l'égard des teneurs de livres qu'à ceux attachés spécialement à la maison de commerce et non à ceux qui viennent donner quelques heures tantôt dans une maison, tantôt dans une autre.

4° Les maîtres d'études, sous-maîtres et sous-maîtresses dans les écoles primaires sont soumis aux usages ci-dessus indiqués pour les domestiques attachés à la profession.

Pour les maîtres d'études, sous-maîtres et sous-maîtresses dans les maisons d'éducation, il n'existe pas d'usage bien établi, non plus que pour les professeurs qui y sont employés.

Pour les répétiteurs et maîtres d'agrément (musique, dessin, danse, etc...), il n'est dû que les leçons effectivement données. Rien pour les leçons et répétitions qui seraient subitement interrompues.

Certificat

Il est d'usage de délivrer un certificat au domestique congédié ou sortant naturellement.

Mais le maître n'est tenu de délivrer ce certificat que pour attester le jour de l'entrée à son service et le jour de la sortie.

Il n'est pas obligé de fournir son attestation sur d'autres points.

Mode d'engagement

Il n'y en a pas d'autre que le denier à Dieu donné par le maître au domestique, et chacun d'eux a 24 heures pour se dédire en le reprenant ou le rapportant.

PROJET DE LA COMMISSION

circonstances qui ont pu motiver le renvoi ou la sortie immédiate.

« Ces règles ne s'appliquent à l'égard des teneurs de livres, qu'à ceux attachés spécialement à la maison de commerce et non à ceux qui viennent donner quelques heures tantôt dans une maison, tantôt dans une autre.

« Le tout bien entendu sans dérogation aux conventions particulières intervenues entre les parties et les règlements particuliers des grandes maisons de commerce affichés dans ces maisons et dont les employés, par suite, ne peuvent prétexter ignorance.

« A l'égard des cochers, déménageurs, garçons de restaurant, de café, de marchand de vins, fille de brasserie, garçon boucher et femme de ménage, la huitaine n'est pas obligatoire. »

« Il est expliqué ici que les juges de paix sont seuls compétents pour statuer sur les litiges nés des engagements respectifs des gens de travail au jour, au mois ou à l'année, ou de ceux qui les emploient alors même que ceux-ci sont commerçants et ont fait acte de commerce en traitant avec les gens de travail. (Arrêt de la Cour de Paris du 16 avril 1880.) »

La seule modification que la commission propose d'appliquer serait celle de huitaine pour les leçons et répétitions qui seraient subitement interrompues.

RÉDACTION DE 1852

—

Et si le domestique n'entre pas au jour fixé par le changement de volonté, soit du maître, soit du domestique, une indemnité de huit jours est réciproquement acquise d'après les règles et sauf les cas mentionnés plus haut.

———

Indépendamment des usages ci-dessus mentionnés, il en existe d'autres pour les domestiques et serviteurs dans leurs rapports avec leurs maîtres.

1° *Pour les domestiques attachés à la personne :*

Ils ne sont tenus entr'eux que de la perte de l'argenterie. — Pour le linge, celui-là seul en est responsable qui l'a reçu en compte et qui est chargé d'en prendre soin.

Quant à la casse, elle n'est pas toujours à leur charge, et la responsabilité à cet égard varie et s'atténue suivant les circonstances.

Les frais de maladie du domestique ne doivent pas être retenus sur ses gages ; le maître qui l'a fait traiter chez lui plutôt que de l'envoyer à l'hospice a fait un acte d'équité et de générosité non restituable. Il doit même la continuation des gages si la maladie est de courte durée et si le malade n'est pas remplacé par un autre domestique dont le service est payé.

2° *Concierges* :

L'usage les oblige à recevoir les lettres, les paquets et cartes de visite adressés aux locataires, à faire même pour les locataires notoirement solvables l'avance des ports de lettres et paquets et à les monter aux différents étages qu'ils occupent.

Ils doivent ouvrir la porte à toute heure de nuit et donner l'adresse de chacun des locataires qui vient à quitter la maison.

L'usage accorde au concierge une bûche par chaque double stère de bois à brûler que le locataire fait venir, ou à son choix un franc en argent. Le concierge qui sort après s'être fait remettre soit la bûche, soit le franc, n'a nullement à en rendre compte au concierge qui le remplace.

PROJET DE LA COMMISSION

—

A l'égard des pertes à faire supporter aux domestiques, la commission estime :

Que la perte de l'argenterie doit être supportée par celui qui l'a prise en charge; qu'il en est de même à l'égard du linge, de la vaisselle et de la batterie de cuisine, et qu'aucune solidarité ne saurait être imposée aux domestiques entre eux.

Quant à la casse pour être mise à la charge des domestiques, le maître doit établir la faute et la négligence de la part de ces derniers.

La rédaction de 1852 doit être modifiée en leur imposant l'obligation de monter au moins trois fois par jour les lettres aux locataires ;

Et enfin de rayer complètement l'usage relatif à la bûche comme n'ayant pas d'intérêt en raison des divers modes de chauffage actuel.

RÉDACTION DE 1852

—

3° Nourrices :

Les mois sont payables d'avance, et tout mois commencé est dû à la nourrice.

4° Domestiques qui participent à la profession :

Tous ceux attachés à une maison sont tenus contributoirement à la perte de l'argenterie et du linge, ainsi qu'à la casse ; le bénéfice des troncs et les profits les indemnisent de cette charge.

PROJET DE LA COMMISSION

A l'article concernant les nourrices, il convient d'ajouter que les mois sont payables d'avance et que tout mois commencé est dû à moins de renvoi justifié, et que le maître est toujours en droit de réclamer le ruban et le manteau.

A cette occasion enfin, la commission relève que la livrée et le deuil sont en tout cas également restituables par les domestiques, et s'il peut y avoir des modifications à ce principe, cela ne pourrait exister que pour la petite livrée.

Le délai de congé pour le jardinier est de huitaine comme pour les domestiques et gens à gages. Cette règle ne s'applique pas au jardinier au mois ou à l'année.

DURÉE DES BAUX VERBAUX

TERMES D'ENTRÉE EN JOUISSANCE
ET DE PAIEMENT

DÉLAIS A OBSERVER POUR LES CONGÉS

———

Articles 1736 — 1738 — 1758 — 1759 du Code civil

———

PAIEMENTS DES SOUS-LOCATAIRES

TACITE RECONDUCTION

LOCATION DE MEUBLES

———

Articles 1753 — 1738 — 1757 — 1776 du Code civil

———

M. BOINOD, RAPPORTEUR

9

QUESTIONS POSÉES & RESOLUES DANS LE CAHIER DE 1852

Code civil, articles 1736 — 1738

Pour quel temps sont réputés faits les baux verbaux ?

Quels sont les termes ou usages pour l'entrée en jouissance ? pour le paiement des loyers ?

Quels sont les délais à observer pour donner ou recevoir congé ?

Lorsqu'il s'agit :	DURÉE des BAUX VERBAUX	TERMES d'entrée EN JOUISSANCE	TERMES DE PAIEMENT	DÉLAIS A OBSERVER POUR LES CONGÉS
De jardins potagers ou maraîchers, sans habitation.	Sont faits pour l'année entière.	1er octobre.	Janvier, avril, juillet, octobre.	On doit observer un délai de six mois pour les congés, qui doivent être donnés avant le 1er avril pour le 1er octobre.
Maison entière. Maison ou portion de maison occupée par un commerçant ou marchand ayant boutique ou magasin de vente en gros ou détail. Maison ou portion de maison occupée par : Un aubergiste ou maître d'hôtel, Un entrepreneur de roulage, Une entreprise de messagerie, Une entreprise commerciale, Un maître de poste, Un artisan (tel que maréchal, serrurier, charpentier, menuisier, etc.). Maison contenant	La durée des baux verbaux est subordonnée aux délais adoptés par l'usage pour les congés.	L'entrée en jouissance peut avoir lieu à chacun des quatre termes de l'année, qui commencent le 1er des mois de janvier, d'avril, de juillet et d'octobre. Lorsque les lieux sont encore occupés par le locataire sortant, cette entrée en jouissance n'a lieu que le 15 pour les baux verbaux de maison entière, corps de logis entier, magasin et boutique sis à rez-de-chaussée et ouvrant sur rue, passage public et cour marchande.	Le prix de loyer stipulé pour l'année se paie par quart, à l'échéance des termes de janvier, d'avril, de juillet et d'octobre. Chaque terme de loyer est exigible à son échéance ; néanmoins, par tolérance, les bailleurs ne réclament généralement le paiement que le quinzième jour du mois commençant le terme qui suit.	Les usages de Paris reconnaissent trois délais divers à observer pour les congés : ces délais se règlent sur le taux du loyer, la nature des lieux loués et la profession ou fonction des locataires ; ils sont, suivant les circonstances, de six mois, de trois mois ou de six semaines : Congés à six mois, p. 66, 68, 70. Congés à trois mois, p. 68, 70. 72, Congés à six semaines, pages 68, 70, 72. Pour les maisons entières, portions de maisons, quelle que soit d'ailleurs la destination des lieux loués, d'après l'usage qui embrasse dans sa généralité tous les baux de maisons ou bâtiments quelconques, il faut distinguer : 1o s'il s'agit d'une maison entière ; 2o d'un corps de logis entier ; 3o si les lieux loués, alors même qu'ils ne forment pas corps de logis entier, sont des magasins ou boutiques à rez-de-chaussée.

PROJET DE LA COMMISSION

Adopté

Adopté.

QUESTIONS POSÉES ET RÉSOLUES DANS LE CAHIER DE 1852

Lorsqu'il s'agit :	DURÉE des BAUX VERBAUX	TERMES d'entrée EN JOUISSANCE	TERMES DE PAIEMENT	DÉLAIS A OBSERVER POUR LES CONGÉS
Un atelier, une fabrique : De tannerie, De chapellerie, De teinturerie, D'imprimerie. Usine, suivant les différentes natures d'établissements, tels que : Moulin à blé, Moulin à tan, Moulin à huile, Fouloir, Filature, Papeterie, Haut-fourneau, Forge, Four à briques, Four à chaux, Four à plâtre, Usine à gaz, Verrerie, Boulangerie.				ouvrant sur rue, passage public ou cour marchande avec libre accès au public. Dans les trois cas ci-dessus énumérés, l'usage prescrit un délai de six mois pleins pour les congés réciproques, qui peuvent être également donnés au plus tard le 31 décembre pour sortir au terme de juillet, le 31 mars pour sortir au terme d'octobre, le 30 juin pour sortir au terme de janvier, le 30 septembre pour sortir au terme d'avril. Tous autres baux verbaux qui ne présentent pas une de ces circonstances de maison entière, de corps de logis entiers, magasins ou boutiques sis à rez-de-chaussée et ouvrant sur rue, passage public au cour marchande avec libre accès au public (sauf les exceptions relatives à certaines professions énoncées ci-après), sont soumis par l'usage aux délais de trois mois ou de six semaines, suivant le taux du loyer, comme il est expliqué pour ces sortes de locations. Ainsi l'usage ne permet pas un délai de six mois pour les congés réciproques de logements situés au premier étage, servant de magasin de vente, non plus que pour les magasins et boutiques sis à rez-de-chaussée, ces magasins ou boutiques n'ouvrant que sur cour privée et non sur rue, passage public ou cour marchande ayant libre accès au public.
Un maître de pension, Maître d'externat, Commissaire de police, Percepteur.	La durée des baux verbaux est subordonnée aux délais adoptés par l'usage pour les congés.	L'entrée en jouissance peut avoir lieu à chacun des termes de janvier, avril, juillet ou octobre.	Mêmes usages que pour les autres locations.	L'usage permet un délai de six mois pour les congés donnés non seulement aux maîtres de pensions, mais encore aux maîtres d'externats, aux commissaires de police, percepteurs de contributions directes et autres

PROJET DE LA COMMISSION

—

La Commission propose d'ajouter : *quelque minime que soit le prix de la location.* V. le jugement du tribunal de paix du 2ᵉ arrondissement de Paris du 2 décembre 1875. *Gazette des tribunaux* du 5 décembre.

Adopté.

Adopté.

Adopté.

QUESTIONS POSÉES ET RÉSOLUES DANS LE CAHIER DE 1852

Lorsqu'il s'agit :	DURÉE des BAUX VERBAUX	TERMES d'entrée EN JOUISSANCE	TERMES DE PAIEMENT	DÉLAIS A OBSERVER POUR LES CONGÉS
				personnes exerçant des professions les obligeant à se loger dans un quartier déterminé. Cet usage, établi uniquement en vue de la difficulté pour ces personnes de trouver des logements dans le même quartier, est strictement restreint à la cause qui l'a fait admettre. Les bailleurs, vis-à-vis cette classe de locataires, ne peuvent exiger un délai plus long pour les congés que celui qui s'applique au taux du loyer, et ces personnes elles-mêmes peuvent donner congé en observant ce dernier délai.
Maison ou habitation sans boutique ou magasin, mais avec jardin. Rez-de-chaussée avec jardin, Étage avec jardin.	Il faut distinguer si c'est le jardin ou l'habitation qui est l'objet principal de la location. Si le jardin est l'objet principal et essentiel, la location est présumée faite pour une année entière. Si l'habitation est, au contraire, l'objet principal de la location, la durée des baux verbaux est subordonnée aux délais accordés par l'usage pour les congés.	Si le jardin est l'objet principal de la location, l'entrée en jouissance, de même que pour les jardins loués séparément, aura lieu le 1er octobre. Si c'est, au contraire, la maison qui est l'objet principal, l'entrée en jouissance a lieu à l'un des termes de janvier, avril, juillet ou octobre.	Mêmes usages que pour toutes les autres locations.	Pour les baux verbaux de maisons entières, de corps de logis entiers avec jardin, le délai des congés est toujours de six mois, comme pour les maisons entières et corps de logis entiers sans jardin. A l'égard des baux verbaux de logements, soit au rez-de-chaussée, soit à l'un des étages de la maison avec jardin, d'après la distinction établie ci-après : Si le jardin est l'objet principal de la location, les délais de congés réciproques sont de six mois, et les congés devront être donnés avant le 1er avril pour le 1er octobre. Lorsque c'est l'habitation qui est l'objet principal de la location, les délais à observer pour les congés réciproques sont toujours subordonnés au prix de la location : ils doivent être donnés à trois mois si le loyer excède 400 fr. et à six semaines si le loyer est inférieur à 400 fr.
Maison sans jardin, Appartement, Logement, Chambre,	La durée des baux verbaux est subordonnée aux délais adoptés par	L'entrée en jouissance a lieu à l'un des quatre termes de janvier, d'avril,	Mêmes usages que pour toutes les autres locations.	Les délais à observer pour les congés réciproques, quelles que soient la nature et la destination des lieux loués, sont toujours

PROJET DE LA COMMISSION

—

Adopté.

Adopté.

Adopté.

QUESTIONS POSÉES ET RÉSOLUES DANS LE CAHIER DE 1852

	DURÉE des BAUX VERBAUX	TERMES d'entrée EN JOUISSANCE	TERMES DE PAIEMENT	DÉLAIS A OBSERVER POUR LES CONGÉS
Lorsqu'il s'agit :				
l'usage pour les congés.	de juillet ou d'octobre. Lorsque les lieux sont encore occupés par le locataire sortant, cette entrée n'a lieu que le 15 pour les locations au-dessus de 400 fr. et le 8 pour les locations de 400 fr. et au-dessous.		fixés par le taux du loyer, sauf les exceptions énoncées page 68 *in fine.* Lorsque le prix locatif tout compris, à la seule exception de l'impôt des portes et fenêtres, qui est une charge personnelle du locataire, excède 400 fr., ne serait-ce que de quelques centimes, et lors même que le prix s'élèverait à plusieurs mille francs, l'usage en vigueur permet un délai de trois mois pour se donner réciproquement congé. Les congés doivent être donnés avant la fin de chaque terme, c'est-à-dire le 31 décembre, le 30 mars, le 30 juin, le 30 septembre au plus tard, pour la sortie aux termes d'avril, juillet, octobre et janvier. L'usage permet de donner congé avec délai de six semaines pour les locations qui n'excèdent pas 400 fr., 100 fr. par terme, le 14 au plus tard des mois de février, mai, août et novembre, pour la sortie au terme suivant. Pour les locations par baux verbaux, on ne reconnaît que les quatre époques des termes de janvier, avril, juillet et octobre. L'usage n'admet pas le congé donné pour le demi-terme, c'est-à-dire pour le 15 des mois de février, mai, août et novembre.
Cave, Cellier, Magasin à vin ou tout autre magasin.	La durée des baux verbaux est subordonnée aux	L'entrée en jouissance a lieu à l'un des quatre termes	Mêmes usages que pour toutes les autres locations.	Mêmes délais que pour toutes les autres locations.

PROJET DE LA COMMISSION

Adopté.

En ce qui concerne les locations d'ateliers d'artiste peintre ou sculpteur par baux verbaux, la Commission propose de prendre le prix de la location pour base de la durée de la location, de l'entrée en jouissance, de la fixation des termes de paiement et des délais à observer pour les congés.

Adopté.

QUESTIONS POSÉES ET RÉSOLUES DANS LE CAHIER DE 1852

Lorsqu'il s'agit :	DURÉE des BAUX VERBAUX	TERMES d'entrée EN JOUISSANCE	TERMES DE PAIEMENT	DÉLAIS A OBSERVER POUR LES CONGÉS
Grenier à paille, fourrages, etc., Loués isolément.	délais adoptés par l'usage pour les congés.	de janvier, avril, juillet ou octobre. Lorsque les lieux sont encore occupés par le locataire sortant, cette entrée n'a lieu que le 15 pour les locations au-dessus de 400 fr. et le 8 pour les locations de 400 fr. et au-dessous.		
Lorsqu'il s'agit de garnis, sous la dénomination de : Cabinet, Chambre, Logement, Appartement.	La durée des baux verbaux des cabinets, chambres, logements ou appartements garnis est subordonnée aux délais adoptés par l'usage pour les congés réciproques.	L'entrée en jouissance a lieu au jour pour lequel la location a été convenue, et cette entrée en jouissance peut avoir lieu indistinctement chaque jour de l'année, la nature même de ce genre de baux n'admettant pas d'époques déterminées pour les locations.	L'usage admet que les maîtres d'hôtel et autres personnes qui louent en garni exigent des locataires le paiement d'avance des locations pour chaque jour ou chaque période de huitaine, de quinzaine, de mois, selon la durée de la location,	Les délais à observer pour les congés réciproques diffèrent suivant chaque mode de location. La location au jour cesse par l'avertissement donné le jour même de la sortie, avant midi. La location à la semaine cesse par l'avertissement donné le quatrième jour après l'entrée, avant midi. La location à la quinzaine cesse par l'avertissement donné le huitième jour après l'entrée, avant midi.

PROJET DE LA COMMISSION

La Commission propose les dispositions suivantes concernant l'usage pour location de forces motrices :

Selon l'usage, la location de la force motrice se fait pour une période de trois mois, un mois, quinze jours, une semaine et même au jour le jour.

Le congé doit être donné dans un délai égal à la période convenue pour la durée de la location.

Le paiement se fait à la semaine, à moins de convention contraire.

Pour la location à la journée, le loyer se paie jour par jour.

La location qui a eu lieu pour l'essai d'une invention peut se faire à la journée ; le loyer se paie à la semaine ; pour la première semaine, on ne paie que les journées faites. Si l'on reste plus de huit jours, le congé doit être donné une semaine à l'avance.

Adopté.

QUESTIONS POSÉES ET RÉSOLUES DANS LE CAHIER DE 1852

DURÉE des BAUX VERBAUX	TERMES d'entrée EN JOUISSANCE	TERMES DE PAIEMENT	DÉLAIS A OBSERVER POUR LES CONGÉS
		telle qu'elle est déterminée par l'article 1758 du Code civil. A défaut du paiement qui doit être fait d'avance, l'usage autorise de plein droit l'hôtelier à refuser la clef.	La location au mois cesse par l'avertissement donné le quinzième jour après l'entrée, avant midi. D'après l'usage général, les parties sont réciproquement et irrévocablement engagées pour le premier jour, pour la première semaine, la première quinzaine ou le premier mois, et faute d'avertissement dans les délais fixés ci-dessus, la location continue pour un nouveau jour ou pour une nouvelle période de semaine, de quinzaine ou de mois. Un usage différent s'est cependant introduit dans une partie du quartier Latin, particulièrement dans les 5e et 6e arrondissements (quartier des Écoles), où les mutations de logements garnis sont très fréquentes. Il est admis que les personnes louant en garni ou leurs locataires peuvent réciproquement se donner congé au cours de chaque période de location, et que le congé donné avant midi, à quatre jours de la huitaine ou de la quinzaine, fait cesser la location, à l'expiration des quatre jours, de la huitaine, de la quinzaine franche, suivant que la location a été faite à la huitaine, à la quinzaine ou au mois. En matière de location en garni, la semaine se compose de sept jours, du jour de l'entrée au jour correspondant de la semaine suivante, à midi ; la quinzaine se compose de quatorze jours, du jour de l'entrée au jour correspondant de la dernière semaine, à midi ; le mois se compose des jours existant entre la date du jour d'entrée et la date correspondante du mois suivant, à midi. En ces divers modes de location, l'heure d'entrée du premier jour n'est pas prise en considération.

PROJET DE LA COMMISSION

Adopté.

La Commission propose d'inscrire dans la colonne — termes de paiement — la disposition suivante : « *Si le locataire a emporté la clef, le logeur a le droit de s'opposer à l'entrée du locataire par l'apposition d'un cadenas, sauf à la partie la plus diligente à en référer au juge de paix.*

Adopté.

QUESTIONS POSÉES ET RÉSOLUES DANS LE CAHIER DE 1852

—

Chambres, logements, appartements, garnis loués aux officiers ou sous-officiers de la garnison.

L'usage a introduit en faveur des officiers et militaires en garnison une exception à la règle de réc_procité d'obligation de donner congé pour les chambres, logements et appartements loués en garni. Les officiers et militaires qui reçoivent un ordre de déplacement ne sont tenus envers les hôteliers à aucun congé sous la condition de payer le loyer au jour du départ de leur corps, ou d'un ordre personnel de départ; tandis que les hôteliers ou autres personnes louant en garni sont tenus envers eux de donner un congé en se conformant aux délais pour les locations en garni.

PROJET DE LA COMMISSION

—

Adopté.

Le cahier de 1852 traite toutes les questions relatives aux délais d'usage pour les congés, mais il ne dit rien quant à la forme des congés. Or, il est un usage qui tend à s'établir, et qui est basé sur une jurisprudence récente. La Commission pense qu'il est bon de le mentionner. Il s'agit du congé donné par lettre chargée.

QUESTIONS POSÉES ET RÉSOLUES

DANS LE CAHIER DE 1852

———

Q. — A quels jour et heure le locataire sortant est-il tenu de remettre les clefs et les lieux?

Q. — Cette obligation comporte-t-elle par l'usage un délai quelconque au delà du jour porté par le congé?

Q. — Ce délai, s'il existe, s'applique-t-il à toute espèce de location?

I

R. — Les congés, soit qu'ils soient donnés à six semaines, à trois mois, énoncent généralement que le locataire sortira à l'époque, c'est-à-dire au commencement de l'un des quatre termes de janvier, avril juillet ou octobre.

II

R. — Cependant l'usage accorde aux locataires au delà du jour indiqué par le congé, un délai pour faire les réparations locatives, vider les lieux et remettre les clefs. Ce délai est plus ou moins long, suivant les cas divers.

Il est de huit jours, lorsque le congé a pu être donné à six semaines de date, et de quinze jours, lorsque le congé a pu être donné à trois mois ou à six mois.

Le locataire n'est tenu, d'après la distinction établie ci-dessus, de rendre les clefs que le huit ou le quinze du mois, à midi, au plus tard.

III

R. — Ce délai d'usage s'applique à toute espèce de locations sans distinction entre les locations destinées à l'habitation ou au commerce et les autres espèces de location.

Il n'y a d'exception que pour les locations en garni pour lesquelles les entrées et les sorties s'opèrent au jour même qui a été indiqué par la convention ou par l'avertissement donné pour la sortie des lieux.

La Commission adopte ces trois solutions sans modifications.

Indépendamment des usages constatés en réponse aux questions ci-dessus, le cahier de 1852 mentionne les usages suivants :

1° L'usage à Paris permet de se dédire d'une promesse de location en rendant ou retirant dans la journée du lendemain le denier à dieu donné ; mais cette faculté n'existe pas lorsque la location a été passée par écrit ;

2° Pour la location des chantiers de bois à brûler qui ne se trouvent pas dans les questions proposées, il existe à Paris un usage particulier qui exige une année de délai pour les congés de baux verbaux ; les congés doivent être donnés à l'époque de Pâques pour l'époque correspondante de l'année suivante. Cet usage n'est spécial qu'aux chantiers de bois à brûler, et il ne s'applique pas aux chantiers de bois à ouvrer, à l'égard desquels il faut suivre l'usage général.

La Commission adopte les solutions ci-dessus.

CONGÉ — ÉCRITEAU

Q. — A dater de quelle époque et pendant quel délai le propriétaire peut-il mettre écriteau ?

Q. — Même question pour le locataire ?

Q. — Le locataire peut-il mettre écriteau sans la permission du propriétaire ?

I

R. — L'exercice du droit du propriétaire de mettre écriteau et de faire voir les lieux correspond, quant à la durée, à la durée même des divers délais pour les congés.

QUESTIONS POSÉES ET RÉSOLUES DANS LE CAHIER DE 1852

—

Pour les congés à six mois, le propriétaire peut mettre écriteau et faire voir les lieux à partir du premier jour des deux termes avant lesquels le congé a été donné

Pour les congés à trois mois, à partir du premier jour du terme avant lequel le congé a été donné

Pour les congés à six semaines, à partir du quinzième jour du mois commençant le demi-terme avant lequel le congé a dû être donné.

D'après cette distinction entre les divers délais, pendant toute la durée du délai spécial pour chaque espèce de location, le propriétaire peut mettre écriteau et faire voir les lieux tant qu'il n'a pas définitivement trouvé de locataire en remplacement du locataire sortant.

Mais ce droit ne peut être plus étendu, alors même que le locataire donne congé à un délai plus long que ceux qui sont adoptés par l'usage; le propriétaire ne peut mettre écriteau qu'à partir du commencement des six mois, des trois mois ou des six semaines, suivant chaque espèce de location.

II

R. — Lorsque la faculté de sous-louer ne lui a pas été interdite, le locataire peut mettre écriteau pendant toute la durée de sa jouissance, tant que son droit n'a pas été restreint par l'existence d'un sous-locataire. Mais lorsque le locataire a précédemment sous-loué tout ou partie des lieux, l'exercice du droit de mettre écriteau et de faire voir les lieux est soumis aux règles d'usage entre propriétaires et locataires directs.

III

R. — Lorsque le droit de sous-louer n'est pas expressément interdit au locataire, ce dernier n'a pas besoin de permission du propriétaire pour mettre écriteau.

—

CONGÉ — VISITE DES LIEUX

Q. — Quand un congé a été accepté ou signifié, quels sont les jours et heures pendant lesquels le locataire est obligé de tenir les lieux ouverts?

Distinction entre le cas où les lieux à louer sont encore garnis de meubles, effets ou marchandises et celui où ces lieux sont complètement vides?

R. — Le locataire qui a reçu ou donné congé doit laisser sa clef à partir du premier jour du délai, ou montrer lui-même son logement aux personnes qui se présentent pour louer.

Si le locataire ne veut pas laisser sa clef ni rester indéfiniment chez lui dans l'attente de nouveaux locataires, l'usage est de fixer des heures, tous les jours, même les jours fériés, pour que les personnes qui se présentent pour louer soient admises dans les lieux.

Ces heures sont fixées et réglées par le juge suivant les circonstances.

Lorsque le locataire a quitté les lieux, qu'il n'a laissé ni meubles, ni effets, ni marchandises quelconques, il doit laisser la clef pour faciliter la visite des personnes qui se présentent, sauf, s'il le croit nécessaire, à prendre les mesures convenables pour garantir son droit aux lieux jusqu'à l'expiration du terme de sa jouissance.

A l'égard des chambres et appartements garnis, par suite de la nature même de la location et de la brièveté des délais pour les avertissements, l'usage admet plus de latitude pour la visite des lieux.

Le maître d'hôtel, qui doit être mis journellement en possession des clefs pour le service de l'appartement, ne doit, pour l'exercice de son droit de faire visiter l'appartement garni, trouver d'autres limites que celles prescrites par les convenances, eu égard à la position et aux habitudes des personnes qui sont logées chez lui.

La commission propose de compléter cette rédaction en indiquant que l'heure normale des visites est de midi à cinq heures.

QUESTIONS POSÉES ET RÉSOLUES DANS LE CAHIER DE 1852

—

Q. — Si rien ne constate que la location d'une maison, d'un appartement, d'une chambre meublés soit faite à l'année, pour six mois, au terme, au mois ou au jour, quel est l'usage des lieux à invoquer pour l'application de l'article 1758 du C. C. ?

R. — Lorsque rien ne constate que la location ait été faite par année, par mois, par quinzaine, par semaine ou au jour, elle est censée faite au jour, d'après l'usage.

Q. — Si rien ne constate que la location soit faite pour un temps déterminé, ou s'il est certain qu'elle soit faite au jour, au mois, au terme, pour six mois, à l'année, est-il tacitement convenu par l'usage que les termes seront payés d'avance, ou à l'échéance du terme?

R. — Dans tous les cas de locations faites par baux verbaux, il est tacitement convenu que, pour la location d'appartements non garnis, les loyers seront payables à l'échéance de chaque terme. (V. p. 66.)

A l'égard des locations en garni, l'usage autorise les personnes qui louent en garni d'exiger le paiement d'avance du prix du loyer de chaque période pour laquelle la location est faite. (V. p. 74 et 76.)

La Commission adopte sans modification les solutions ci-dessus.

PAIEMENTS DES SOUS-LOCATAIRES

CODE CIVIL, ARTICLE 1753.

Q. — Est-il d'usage que les sous-locataires fassent des paiements avant le terme échu ou même commencé, de telle sorte qu'on ne puisse, dans ce cas, en vertu du 2e paragraphe de l'art. 1753 du C. C., les regarder comme faits par anticipation et collusoirement?

R. — Dans les baux verbaux de locations de boutiques et magasins sis à rez-de-chaussée ouvrant sur rue, passage public ou cour ayant libre accès au public, l'usage existe d'exiger le paiement en avance de six mois de loyer, sans que cet usage puisse avoir d'autre effet que d'empêcher vis-à-vis des tiers toute contestation à l'égard des sommes ainsi payées.

Il n'existe pas d'autre usage autorisant les sous-locataires à faire des paiements d'avance, hors le cas ci-dessus exprimé, tout paiement fait d'avance est considéré comme fait collusoirement.

La commission propose de supprimer cette disposition finale, « hors le cas ci-dessus exprimé, tout paiement fait d'avance est considéré comme fait collusoirement ». Elle a pensé qu'il était trop rigoureux de considérer comme frauduleux, d'une manière générale, tout paiement de loyer fait d'avance hors le cas ci-dessus exprimé, et qu'il était préférable de laisser au juge toute liberté d'appréciation.

Q. — *Quid* encore des obligations du sous-locataire vis-à-vis du propriétaire ? Est-il obligé, par exemple, d'avoir du sous-bailleur, une quittance enregistrée ? C. C. 1753-1328.

R. — Non.

TACITE RECONDUCTION

CODE CIVIL, ARTICLES 1738-1759.

Q. — Pour que le fermier ou locataire, après expiration d'un bail écrit, ait le droit de continuer sa jouissance, pendant quel délai faut-il qu'il soit laissé en possession ?

R. — Nul délai n'est fixé par l'usage.

Q. — Quels sont les faits qui constituent la tacite reconduction ?

R. — Il n'existe pas d'usage à cet égard ; tout est laissé à l'appréciation du juge.

Q. — Quelles sont les obligations du propriétaire envers le locataire ou fermier qui a fait sur la chose louée des

—

travaux ou cultures ne constituant pas tacite reconduction, dans l'intervalle du jour où finissait la jouissance antérieure, à celui où le propriétaire a fait cesser la nouvelle jouissance ?

R. — Il n'existe aucun usage à Paris sur ce point.

Q. — *Quid* de l'usage répandu dans certaines localités d'enlever les portes et fenêtres d'un logement, lorsque le locataire congédié ne veut pas quitter les lieux ?

R. — Cette pratique est une voie de fait arbitraire et non un usage consacré à Paris.

Q. — Quelle est la durée d'un terme pour l'application de l'article 1759 du C. C.?

R. — La durée d'un terme se compose de trois mois pleins. On compte quatre termes : 1° Le terme de janvier partant du 1er janvier jusques et y compris le 31 mars: 2° Le terme d'avril, du 1er avril au 30 juin inclus; 3° Le terme de juillet partant du 1er juillet jusques et y compris le 30 septembre; le terme d'octobre partant du 1er octobre jusques et y compris le 31 décembre.

Q. — Quels sont les délais d'usage pour les congés à donner ou à recevoir en conformité de l'art. 1759 pour une location faite à l'année? pour six mois? un trimestre? un mois? un jour?

R. — Ces délais sont les mêmes que ceux qui sont admis pour les baux verbaux. Ils sont de six semaines, trois mois ou six mois suivant chaque espèce de location.

Il n'existe pas dans l'usage de location au mois ou au jour, si ce n'est en garni.

Q. — Existe-t-il un délai entre le jour indiqué par le congé et la sortie?

R. — Même usage que pour les baux verbaux tel qu'il est rappelé page 80.

—

ENSEIGNES

Q. — A défaut de convention contraire, le locataire a généralement le droit de placer extérieurement une enseigne.

A quels endroits de la maison (porte ou fenêtre) et dans quelles conditions est-il d'usage d'établir les enseignes ?

R. — Le droit de placer extérieurement une enseigne n'est consacré par l'usage que pour les locations donnant sur la rue : c'est sur la partie extérieure correspondante à la location que l'enseigne doit être placée par le locataire, et dans des conditions telles qu'il n'en résulte pas préjudice pour les autres locataires, ou pour le propriétaire de la maison.

LOCATIONS DE MEUBLES

CODE CIVIL, ARTICLE 1757.

D'après l'usage de Paris, les locations de meubles se font toujours au mois, et le prix en est payable d'avance.

Pour les faire cesser, il faut prévenir dans la quinzaine du mois courant.

Pour certains meubles, il existe divers usages particuliers :

1° TABLEAUX

La location en est faite au mois, payable d'avance, et elle cesse à l'expiration du mois. Le congé n'est pas nécessaire ; seulement on est tenu de payer la quinzaine si on a commencé un nouveau mois.

2° PIANOS ET AUTRES INSTRUMENTS DE MUSIQUE

Il n'est pas besoin de se prévenir réciproquement pour la cessation de la location ; chaque paiement d'avance n'oblige pas au-delà du mois.

QUESTIONS POSÉES ET RÉSOLUES DANS LE CAHIER DE 1852

—

3° VOITURES

Il n'est pas nécessaire de se prévenir d'avance. A l'ex·
piration du mois chacun se trouve dégagé. Le mois ou la ·
quinzaine qu'on laisserait commencer serait dû.

La commission adopte, sans modification, les solutions
ci-dessus.

RÉPARATIONS LOCATIVES

OU DE MENU ENTRETIEN

Code civil, articles 1754 — 1755

CONTRIBUTION DES PORTES & FENÊTRES

Loi du 4 frimaire an VII, article 12

M. BOYELDIEU-D'AUVIGNY, RAPPORTEUR

RÉPARATIONS LOCATIVES

OU DE MENU ENTRETIEN

Code civil, articles 1754 — 1755

CONTRIBUTION DES PORTES & FENÊTRES

Loi du 4 frimaire an VII, article 12

QUESTIONS POSÉES ET RÉSOLUES DANS LE CAHIER DE 1852

—

L'usage met à la charge du locataire d'autres réparations locatives ou de menu entretien que celles énumérées en l'art. 1754 du Code civil.

On considère comme réparations locatives toutes celles qui ont coutume de provenir du fait ou de la faute des locataires ou de leurs gens, et ne proviennent pas de la vétusté ou de la mauvaise qualité des parties dégradées ou de force majeure dont le locataire n'a pu empêcher les effets, par la faute du propriétaire.

Le locataire doit en outre réparer toutes les dégradations qui arrivent pendant sa jouissance, à moins qu'il ne prouve qu'elles ont eu lieu sans sa faute. (Article 1731 Code civil).

—

Sont considérées comme réparations locatives d'après l'usage, savoir :

RÉPARATIONS LOCATIVES MISES PAR L'USAGE A LA CHARGE DES LOCATAIRES

CARREAUX. — Les carreaux, soit de marbre, soit de pierre, soit de terre cuite, lorsqu'il y en a de manquants ou cassés, doivent être remis et remplacés aux dépens du locataire.

Il n'en est pas de même s'ils sont usés par la vétusté ou de mauvaise qualité, ou que l'humidité les a fait pourrir ou feuilleter, ce qui peut arriver dans les bas étages.

Il n'est pas tenu non plus des carreaux cassés par la charge des cloisons ou lambris posés dessus.

PARQUET. — Au parquet, lorsqu'il y a quelques panneaux cassés ou enfoncés par violence, le locataire en est tenu ; comme aussi, s'il a roulé quelques tisons de feu sur le parquet, le locataire est tenu du dommage.

CROISÉES. — Le lavage des vitres est une réparation locative.

VITRES. — Les vitres cassées ou fêlées sont à remettre par le locataire.

Les pièces de verre des panneaux en plomb sont comme les carreaux de verre ; il n'y a que lorsqu'il s'agit de remettre ces panneaux en plomb neuf que le plomb est alors à la charge du propriétaire.

Si les plombs ne valent rien par vétusté, le locataire n'est tenu que des pièces de verre qui manquent ; si les plombs étaient détruits par quelque effet forcé, le locataire en serait tenu.

CROISÉES. — VOLETS. — CONTREVENTS — PORTES, etc. — Les croisées, les volets, les contrevents et les portes, les chambranles, les fermetures de boutiques et autres fermetures, les lambris d'appui, les lambris à hauteur de plancher, les cloisons et toutes les menuiseries dépendantes d'une

QUESTIONS POSÉES ET RÉSOLUES DANS LE CAHIER DE 1852

—

maison, sont à la charge du locataire, à moins qu'elles soient usées par vétusté.

Si le locataire a fait percer un trou de chatière, le propriétaire est en droit de faire remettre une planche entière à cette porte aux frais du locataire. Il en est de même si le locataire a fait placer une seconde serrure à une porte et, qu'à ce sujet, il ait fait des entailles pour la mettre en place, quand ce ne serait qu'un trou pour passer la clef, le propriétaire peut exiger qu'on remette une planche neuve à la place de celle qui a été percée.

Les dessus de porte et autres tableaux avec leurs bordures, de même que tous les ornements sont à la charge du locataire; si quelques-uns viennent à être crevés pendant son occupation, et si ces tableaux sont tellement endommagés qu'ils ne puissent pas être raccommodés, le locataire est tenu de rembourser le propriétaire selon estimation, il en est de même des ornements de sculpture s'ils ont été brisés par violence.

CHEMINÉES. — TRUMEAUX. — GLACES. — Les dessus de cheminées, les trumeaux et les glaces, s'ils viennent à être cassés sont à la charge du locataire qui est tenu d'en faire remettre des neufs, même qualité, volume et perfection, les morceaux lui restant.

Si cependant le locataire peut prouver que les glaces ont été cassées par l'effet des parquets, ou par quelque tassement ou gonflement des plâtres ou en se descellant, dans ce cas, les glaces sont pour le compte du propriétaire.

BALCONS. — GRILLES. — Les balcons et grilles en fer à barreaux ou autrement, sont à la charge du locataire, s'il y manque quelque enroulement ou barreau, ou qu'ils aient été cassés avec effort ; les treillis de fils de fer ou de laiton, sont aussi à la charge du locataire, s'ils sont cassés ou rompus par violence et non par vétusté.

SERRURES. — Toutes les serrures des portes, croisées armoires et autres fermetures sont aussi à la charge du locataire, si elles manquent ou si elles ont été cassées par violence.

—

Le locataire est aussi chargé de l'entretien de ces serrures, de telle sorte qu'elles doivent être en état de bien fermer et ouvrir lorsque l'on quitte les lieux.

La commission propose d'ajouter :

« *De même pour les accessoires des serrures ; becs de canne, boutons de tirage, cadenas et verroux.* »

RAMONAGE. — Le ramonage des cheminées est une réparation locative. Les locataires sont tenus de faire ramoner assez souvent pour que le feu ne puisse pas prendre aux cheminées par la grande quantité de suie qui serait amassée dans les tuyaux.

Si le feu prenait et faisait crever les tuyaux, le locataire serait tenu de les faire rétablir, à moins qu'il puisse prouver quelle est la cause de l'incendie.

FOURNEAUX POTAGERS.— Aux fourneaux potagers, le locataire est tenu de l'entretien des carreaux, des planchers qui reçoivent les cendres des réchauds, des carreaux sur le dessus des fourneaux, des scellements des réchauds et de la fermeture des réchauds potagers, lorsqu'il y en a de cassés et des grilles lorsqu'elles sont brûlées.

La commission propose d'ajouter :

« *Quant aux fourneaux de fonte, s'il existe à la plaque mobile qui le recouvre, une fêlure, le locataire n'en doit pas le remplacement, cet accident étant dû à la nature même de la matière première de l'objet. Mais si cette plaque était brisée en morceaux, le locataire serait tenu de la remplacer.*

A l'égard des paillasses de cuisine, le locatataire n'est tenu que d'entretenir le carreau de dessus.

On entend par paillasses des petits massifs de maçonnerie carrelée par dessus élevés de terre de trente à trente-huit centimètres sur lesquels on place du charbon ou de la cendre chaude pour faire cuire des aliments.

PIERRES A LAVER LA VAISSELLE.— Le locataire répond des pierres à laver la vaisselle lorsqu'elles sont cassées ou écornées par son fait, mais si dans la pierre il s'y trouvait quelques défauts qui eussent produit la dégradation, elle serait à la charge du propriétaire.

Lorsqu'il y a une grille sur l'orifice du tuyau propre à écouler les eaux de l'évier, elle sert à prévenir les engorgements, le locataire ne doit pas entretenir le tuyau, mais réparer la grille lorsqu'elle est rompue ou enfoncée. Le locataire n'est tenu de rétablir la jonction du tuyau à la pierre que lorsque le tuyau a été établi d'une manière stable, c'est-à-dire qu'il a été soudé à la pierre en employant du plomb et non du mastic.

BORNES. — BARRIÈRES DANS LES COURS. — PUITS. — Le locataire répond des barrières et des bornes qui se trouvent dans les cours ou remises dont il a la jouissance exclusive.

Le curage des puits est à la charge du propriétaire, quant aux poulies, aux cordes et aux mains de fer du puits, aux poulies des greniers, aux charges des poulies, elles ne sont à la charge du locataire qu'autant qu'il en use seul, ou qu'il est principal locataire de la maison ; mais lorsqu'il y a plusieurs locataires, les objets dont il s'agit étant pour tous d'un usage commun, les locataires ne sont pas tenus des réparations, excepté celui ou ceux des locataires qui seraient reconnus être les auteurs des dégradations.

POMPES. — Pour les pompes qui servent à tirer l'eau, l'entretien et la réparation du piston de la tringle qui sert à la mouvoir et du balancier sont à la charge du locataire à moins que la pompe ne serve à plusieurs locataires et ne soit d'un usage commun, auquel cas son entretien est à la charge du propriétaire ou du principal locataire quant à ces objets comme le reste de la pompe.

JALOUSIES, STORES. etc.— L'entretien des jalousies de croisées à cordons, mouvements, fils de fer et cordons de sonnettes, ainsi que des stores tant des croisées que des cheminées, est à la charge du locataire.

La Commission propose d'ajouter :

Il n'est pas tenu de la peinture des jalousies, excepté pour les parties dont il aurait dû faire réparer le bois.

ECURIES. — RÂTELIERS. — Les râteliers et leurs roulons,

QUESTIONS POSÉES ET RÉSOLUES DANS LE CAHIER DE 1852

—

le pilier et les barres servant à séparer les chevaux entre
eux, sont entretenus par les locataires, à moins qu'ils ne
soient détruits par vétusté ou force majeure.

TUYAUX DE DESCENTE. — Il n'est pas d'usage de mettre à
la charge du locataire les tuyaux de descente établis pour
conduire les eaux pluviales et ménagères, mais en cas
d'engorgement de ces tuyaux, le locataire ne peut être tenu
de les faire dégorger dans les cas suivants :

1° Si le même tuyau sert en même temps à la descente
des eaux pluviales et ménagères, car dans ce cas l'engorgement peut provenir des eaux des combles et de ce qu'elles
peuvent entraîner avec elles.

2° Si le tuyau engorgé sert au même locataire et que
l'orifice dudit tuyau soit garni d'une grille en bon état,
dans ce cas l'engorgement ne peut se produire que par les
sels qui se forment dans le tuyau.

Le locataire ne serait pas non plus responsable de l'engorgement à l'orifice s'il n'y a jamais eu de grille, car c'est
alors la faute du propriétaire qui aurait dû prévoir l'engorgement en garnissant d'une grille l'entrée du tuyau.

Le locataire n'est pas tenu de faire dégorger les tuyaux
qui servent à conduire les eaux que les locataires jettent
dans les cuvettes de plomb ou de fonte placées ordinairement à l'intérieur ou à l'extérieur des fenêtres des paliers ;
ces cuvettes étant à l'usage commun des locataires, il
serait à peu près impossible de savoir quel est celui d'entre
eux qui a occasionné l'engorgement, mais cependant si on
le connaissait, il en serait responsable.

La Commission propose d'ajouter :

*Les mêmes principes s'appliquent avec leurs distinctions
de détail, aux tuyaux de descente des cabinets d'aisance.*

OBJETS COMMUNS.— ESCALIERS. — PASSAGES. — COURS.—
Le locataire n'est tenu qu'aux réparations des lieux qu'il
occupe exclusivement.

Il n'est tenu des dégradations des lieux dont il jouit en
commun avec d'autres locataires, qu'autant qu'il est
prouvé qu'elles proviennent de son fait ou du fait des per-

sonnes dont il doit répondre. Dans le cas contraire, elles restent à la charge du propriétaire.

APPAREILS A GAZ.— FUITES. — DÉGRADATIONS. — Les réparations des fuites et des dégradations survenues à des appareils à gaz sont au nombre des réparations locatives à la charge du locataire pour toute la partie de l'appareil d'éclairage dont il jouit exclusivement.

PLOMBS.— FERS VOLÉS. — Les plombs, les fers et autres objets dépendant d'une maison, qui viennent à être volés, doivent être rétablis aux frais du locataire, à moins qu'il ne justifie qu'on ne peut lui imputer aucune négligence ou défaut de précaution.

PRINCIPAL LOCATAIRE. — Lorsqu'une maison est louée à une seule personne pour l'occuper en entier ou en principal locataire pour la sous-louer, il répond de toutes les parties de l'objet envers le propriétaire.

A l'égard de ceux à qui il sous-loue, il exerce les mêmes droits que le propriétaire. En conséquence, s'il y a plusieurs locataires, il supportera seul les réparations des objets ou lieux à usage commun de tous ou plusieurs locataires, sauf à rechercher celui d'entre eux qui a causé les dégradations et à les lui faire supporter.

COMMENT DOIVENT ÊTRE FAITES LES RÉPARATIONS ET A QUELLE ÉPOQUE. — Le locataire, en faisant les réparations locatives, n'est pas tenu de rendre les choses meilleures qu'elles n'étaient, il doit seulement les rendre dans le même état qu'il les a reçues.

Il n'est pas tenu, ordinairement, de faire les réparations pendant la durée du bail, cependant les dégradations qui pourraient porter préjudice à la propriété doivent être réparées aussitôt qu'elles sont commises et le propriétaire peut y contraindre le locataire : les carreaux de vitres cassés, les volets, etc., etc.

Quant aux autres réparations qui ne sont pas urgentes et qui peuvent se différer sans compromettre les intérêts du propriétaire, l'usage est de ne les exiger que le jour de la sortie, de telle sorte que lorsque le locataire quitte les lieux, il doit avoir fait toutes les réparations dont il est

13

tenu, sous peine de dommages-intérêts envers le propriétaire ou le principal locataire.

CONSTRUCTIONS ÉLEVÉES PAR LE LOCATAIRE ET QU'IL DOIT LAISSER. — Si un locataire a fait élever des constructions à ses frais d'après la faculté à lui accordée pour le bail et sous la condition qu'à la fin du bail, ces constructions resteront au propriétaire, il doit faire à ces constructions toutes les réparations qui sont à la charge du locataire.

CHANGEMENTS FAITS PAR LE LOCATAIRE. — Si le locataire a fait des changements dans les lieux loués, il est tenu, si le propriétaire l'exige, de remettre les lieux en l'état où ils se trouvaient au moment du bail: il a aussi la faculté de les enlever sous la même condition, et le propriétaire ne peut pas le contraindre à les lui abandonner, même en lui offrant la valeur, à moins qu'ils ne paraissent par leur nature avoir été mis à perpétuelle demeure et qu'ils ne puissent être détachés sans dégradations pour l'immeuble.

Dans tous les cas, le choix entre la démolition des changements opérés et le rétablissement des lieux dans leur état primitif, ou bien la conservation des objets nouveaux, moyennant indemnité, appartient au propriétaire seul.

Le locataire, encore que le propriétaire ne lui en paye pas la valeur, ne peut dégrader ni détériorer les peintures qu'il aurait fait exécuter sur les murs ou ailleurs, ni déchirer ou même gâter les papiers qu'il aurait fait coller sur les murs, sous peine de dommages-intérêts, enfin il ne peut rien faire qui soit ou puisse être un mal pour autrui sans intérêt pour lui.

RÉPARATIONS NÉCESSAIRES OU UTILES FAITES PAR LE LOCATAIRE. — Si pendant la durée du bail le locataire a fait des réparations *nécessaires*, que le bailleur aurait dû être forcé de faire, le locataire a le droit d'en exiger une indemnité à sa sortie.

Mais s'il s'agit de réparations ou améliorations simplement utiles, le locataire ne peut s'en rembourser mais à défaut d'indemnité de la part du propriétaire, le locataire peut enlever ce qu'il a cloué, mais à la charge de rétablir les lieux dans leur état primitif.

QUESTIONS POSÉES ET RÉSOLUES DANS LE CAHIER DE 1852

—

Arbres, arbustes. — Le locataire ne peut emporter les arbres qu'il a plantés dans son jardin, mais le propriétaire doit lui en payer la valeur. Cependant le propriétaire peut se refuser à payer cette indemnité en permettant au locataire l'enlèvement des arbres.

Il en est autrement des plantes, arbrisseaux, arbustes que le locataire peut enlever à la fin du bail, à moins qu'ils ne remplacent d'autres arbustes qui existaient lors de son entrée.

Jardins. — Si un jardin dépend d'une maison ou d'un appartement loué, le locataire est tenu de tenir en bon état les allées sablées, les parterres, les plantations, les bordures, les gazons; les arbres et les arbustes doivent être rendus en même nature et de même espèce qu'ils étaient au commencement du bail, et s'il en meurt quelques-uns, le locataire devra les remplacer.

Les treillages placés le long des murs ou des autres parties du jardin en telle forme qu'ils puissent être, telles que palissades, berceaux, portiques sont à la charge du propriétaire, à moins qu'il ne prouve que ces objets ont été cassés ou détériorés par le fait du locataire ou par violence.

Si le vent avait jeté en bas ou rompu des portiques, des treillages, le propriétaire serait censé ne pas avoir pris les précautions nécessaires pour la solidité de ces portiques.

Les échalas de manque sont à la charge du locataire, à moins que le reste du treillage laisse voir qu'ils ne manquent par vétusté.

Dans les bassins ou jets d'eau, le locataire n'est tenu que de l'entretien des conduites en fer, en plomb ou en grès; quand il y a laissé des eaux et que la gelée a fait crever ces tuyaux, parce que cet événement provient d'une faute du locataire; mais quand les eaux des bassins viennent par des canaux publics, il n'est plus possible de vider les bassins et les conduites, alors les accidents causés par la glace sont à sa charge.

La commission dans le but d'éviter toute amphilologie propose de remplacer ces mots « à sa charge », par ceux-ci :

A la charge du propriétaire.

—

A l'égard des robinets, le locataire est tenu de les entretenir.

A l'égard des vases, des pots de fleurs et des bannes, qui servent à l'ornementation du jardin, il faut distinguer :

Les vases de faïence sont à la charge du locataire, ainsi que ceux de fonte, de fer et les caisses en bois, de même que les bans en bois peints.

Mais les vases en terre cuite et ceux en marbre ou en pierre n'y sont point, non plus que les bancs en pierre, à moins qu'il ne soit manifeste qu'ils ont été brisés par violence : parce que l'intempérie de l'air suffit pour détruire les vases de marbre, de pierre ou de terre cuite ainsi que les bancs en pierre qui peuvent en outre se casser par leur propre poids.

Il en est de même pour les figures de marbre, en pierre, en terre cuite et pour les plâtres.

RÉPARATIONS LOCATIVES DONT LES LOCATAIRES SONT DISPENSÉS PAR L'USAGE

ART. 1754, CODE CIVIL. — Mais l'usage dispense le locataire de certaines des réparations indiquées en l'art. 1754.

Par exemple : si les pièces des appartements ne sont pas carrelées, on ne considère pas comme réparation locative les trous qui se font dans les aires de plâtre ; la raison en est que le moindre effritement suffit pour occasionner des trous et dès lors on ne peut dire qu'ils proviennent de la faute du locataire ; c'est une dégradation résultant de la mauvaise qualité ou confection de l'objet dégradé.

La Commission propose d'ajouter :

Les sols bitumés sont assimilés aux aires en plâtre.

Il en est de même des trous des escaliers dont les dessus sont avec aires en plâtre.

Le locataire ne répond pas d'un parquet détérioré dans de grandes parties, à moins que le dommage n'ait été causé par son fait, ce que le propriétaire doit toujours prouver ;

—

on considère ces grandes réparations comme nécessitées par la vétusté, ou la mauvaise qualité ou confection du parquet. Si la dégradation est peu importante, elle est présumée faite par le locataire et celui-ci doit le réparer.

L'entretien des pavés et carreaux dans les cours et cuisines n'est pas à la charge du locataire, lorsqu'ils ne sont qu'ébranlés et descellés parce que le locataire par de continuels lavages, cause ordinaire de ces ébranlements, ne fait qu'user des lieux. Lorsque la maison est occupée par plusieurs locataires, on met à la charge du propriétaire les réparations locatives des lieux à l'usage de tous, tels que les escaliers, les cours, les corridors, la pompe, etc. Car la présomption que la loi élève contre le locataire qui occupe exclusivement ne peut être invoquée, lorsque les lieux sont communs à tous les habitants de la maison ou à plusieurs. Néanmoins, lorsque l'on connaît celui des locataires qui a causé une dégradation, par lui ou par ses gens, ou par des étrangers qui se rendent chez lui, lui seul est responsable; mais cette responsabilité n'est plus le résultat de la location, mais bien d'un fait qui lui est propre.

Q. — Le locataire de maison, appartement ou chambre garnis est-il tenu à quelques réparations locatives ou de menu entretien?

Doit-il les réparations ou bien seulement une indemnité pour les dégradations par lui commises?

R. — Il faut distinguer s'il s'agit d'hôtels garnis ou d'appartements meublés.

Dans le premier cas, comme ce n'est pas lui qui surveille et qui soigne son logement, il ne doit pas de réparations locatives proprement dites: il ne doit compte que des dégradations commises par lui ou par les personnes qu'il reçoit.

Dans le deuxième cas, l'obligation est plus étroite; le locataire prend à sa charge les meubles et l'appartement : il doit alors les réparations locatives ordinaires.

Q. — Le locataire d'une usine ayant un moteur quelconque, louée avec métiers et ustensiles, est-il tenu des réparations locatives non seulement aux bâtiments, mais encore aux métiers, au mécanisme, aux rouages, outils, etc., etc. ; ustensiles fixes, mobiles, tournants, mouvants ou travaillants, aux vannages, pêcheries, pales, pompes, chaudières, etc.

R.—Les réparations locatives des logements, appartements ou édifices des usines, sont les mêmes que pour les maisons et sont comme celles-ci dues par le locataire.

Dans les baux d'usines, de cours d'eaux etc., il existe diverses réparations que l'usage a distingué de la manière suivante :

Les grosses réparations qui sont à la charge du propriétaire et les réparations d'entretien.

Ces dernières se subdivisent en deux espèces :

Les réparations de gros entretien et les réparations de menu entretien ou réparations locatives. Les premières sont à la charge du propriétaire. (Art. 1720. C. c.) Le locataire doit supporter les autres.

En ce qui concerne les Moulins :

Tous les tournants et travaillants, meules, câbles, harnais, ustensiles doivent être entretenus par le fermier locataire ; mais avant d'entrer en jouissance on fait un état ou estimation de toutes ces choses et à la fin du bail on fait encore une autre estimation.

Si l'estimation et prisée de la fin est plus forte que la première, le propriétaire rembourse le fermier du surplus ; si le cas contraire se produit, que la dernière estimation ou prisée soit plus faible que la première, le locataire sera tenu de rembourser le propriétaire.

En ce qui concerne les Boulangeries :

L'usage est que le propriétaire entretient les murs, la voûte du dessous du four, la cheminée et les tuyaux du four.

QUESTIONS POSÉES ET RÉSOLUES DANS LE CAHIER DE 1852

—

La Commission propose d'ajouter :

Sauf l'abus de jouissance.

Et le locataire n'est tenu que de l'aire du four, soit qu'il soit de terre, soit qu'il soit de carrelage de terre cuite, et de la chapelle du four qui est la voûte de briques ou de tuilleaux qui couvre le four ; laquelle voûte reçoit l'impres·sion du feu plus ou moins suivant l'usage que l'on fait du four.

La Commission propose d'ajouter :

En ce qui concerne les fours, poêles, cheminées et tous appareils de chauffage, sont à la charge du locataire toutes les réparations à faire aux endroits exposés à l'action directe de la flamme.

LOI DU 4 FRIMAIRE AN VII, ART. 12.

En l'absence de toute stipulation, la contribution des portes et fenêtres est à la charge du preneur.

TABLE

—

Paris — Imp. Joseph Kugelmann, 12, rue Grange-Batelière.

www.ingramcontent.com/pod-product-compliance
Lightning Source LLC
Chambersburg PA
CBHW070744280626
47162CB00017B/2349